不检点与倍缠绵书

彭剑斌 著

上海文艺出版社

图书在版编目（CIP）数据

不检点与倍缠绵书 / 彭剑斌著 . -- 上海：上海文艺出版社，2020
（单读书系）
ISBN 978-7-5321-7809-4

Ⅰ . ①不… Ⅱ . ①彭… Ⅲ . ①短篇小说－小说集－中国－当代
Ⅳ . ① I247.7

中国版本图书馆 CIP 数据核字 (2020) 第 186647 号

发 行 人：毕　胜
责任编辑：肖海鸥　邱宇同
特约编辑：陈凌云　王家胜
书籍设计：苗　倩
内文制作：何　况　苗　倩

书 名：不检点与倍缠绵书
作 者：彭剑斌
出 版：上海世纪出版集团　上海文艺出版社
地 址：上海市绍兴路 7 号 200020
发 行：上海文艺出版社发行中心
　　　　上海市绍兴路 50 号 200020 www.ewen.co
印 刷：山东临沂新华印刷物流集团有限责任公司
开 本：1092×850mm　1/32
印 张：10.75
字 数：158 千字
印 次：2020 年 11 月第 1 版　2020 年 11 月第 1 次印刷
ISBN：978-7-5321-7809-4 / I.6199
定 价：52.00 元

告读者：如发现印装质量问题，影响阅读，请与出版社发行部门联系调换。

自序

2009年，冯俊华约我写一篇关于我在贵州跑业务的经历的散文，我便写了《不检点与倍缠绵书》，副标题是"回忆贵州的小县城"；2012年，我从早年间写的日记里摘选出若干片段，分别冠以标题，组成了《咸肉冬瓜》这个作品小辑。尽管有这些非虚构篇目的存在（包括穿插在书里的四则《途中》也都摘自我的日记，是我工作途中乘车坐船的所见所感），此书作为宽泛意义上的小说集仍然成立——通过有意为之的排列组合，让写作者的生活与写作、现实与虚构、人生与梦境形成相互参照，从而使读者更立体、更全面地把握写作者在某个阶段的生存处境和写作状态。

非虚构的《不检点与倍缠绵书》记录了我在贵州跑业务期间（2004—2006年）的工作、生活和爱情，为了努力将自己摆在一个"正常人"的位置，我在写这篇的时候刻意避开了我的写作（写作让我无法成为一个正常人）；而收入此书中的十几篇小说，又绝大部分写于我的"贵州时期"，所以刚好补上了这个空缺。简言之，这是一本关于我在贵州三年的生活与写作的书。即使考虑到少数几篇不是写于那个时期的贵州，我也只需作一点简单的修正：这是一本关于我在异乡漂泊与写作的书。

而选用"不检点与倍缠绵"作为书名，也正是这个用意。清代诗人严谨题写在贵州省旅店墙壁上的诗句"书到途中慵检点，诗成客里倍缠绵"，使我给自己那一时期的创作的不成熟找到一个诗意的借口和些许可怜的慰藉。不管是行文的不检点（语言的放纵、不严谨、欠打磨，准备不充分），还是情感的倍缠绵（过于直白、夸张、激情澎湃，缺少冷静和克制），我都归咎于"这些都是我在异乡漂泊奔波时写下的文字"。

这些文字，我向来羞于示人。不仅如此，至少有十年时间，连我自己都耻于再看。也只是最近两年，我才渐渐接受了它们，有些篇目我甚至认为写得蛮好。这种心态的转变，原因很复杂。部分原因可能跟生活的沉闷、创作的枯竭以及对现实的恐惧和勇气的丧失不无关系，让步入中年的我不得不正视那个二十三四岁的业务员——以业务员的身份为掩护的写作者——身上那些平凡的闪光点：他怎么可以那么轻而易举地做到享受孤独、不计后果、放任冲动、忠于灵魂、忍受嘲讽，坦然无视自身的缺陷？

我必须提一下《稻田和屋顶》，在我模糊的印象中，这是一篇失败的作品，写得极不克制，让人回想起来都觉得无比尴尬。可是隔了十几年之后，我再读它时，却不期然地被它感动和震撼。小说写到被镰刀割断的手指，让我想起戴望舒的那首《断指》：诗人将亡友的一截断指保存在一个酒精瓶中，埋在满积灰尘的故纸堆里，它常常勾起他的悲哀，"每当我为了一件琐事而颓废的时候，/ 我会说：'好，让我拿出那个玻璃瓶来吧。'"

我感觉那些为我所悔的少作，就像是那个年轻的业务员(我某种意义上的"亡友")留给我的断指,被我藏在电脑硬盘的复杂路径下的一个文件夹里,它是我悲哀的源泉。每当我感到沮丧无力的时候,我会对自己说:好,让我点开那个文件夹吧。

2020 年 8 月 1 日,长沙

目录

不检点与倍缠绵书

咸肉冬瓜 003
不检点与倍缠绵书 021

从现实到梦境所要经过的路程

送葬 059
稻田和屋顶 079
H的成长道路 091
途中 095
红林乐队 099
二〇二四 109
从现实到梦境所要经过的路程 123
途中 131
机器 135

春天堡的死者	147
越来越死	185
途中	197
幽默故事	201
林中奇遇	209
五座城	213
途中	227
戈多在干什么？	231
雪地里的马匹	237
无人驾驶	251

三梦记

画家和骷髅	261
严禁虚构	295
海礅明	323

不检点与倍缠绵书

咸肉冬瓜

马 车

如果做爱时充满忧伤多好啊。如果赤裸的两具身体都知道要去的那个地方,干净得一尘不染,于是哭泣,强忍住不洁的快乐,皮肤起伏像地平线般遥远,细细地轻颤……高潮则是一种闻所未闻的静。时间的爪痕布满整张床的上空,记忆积成欲望的肥胖云朵,漫不经心地挤出雨滴来。努力使自己达到片刻的空虚,这一片狼藉多么像倒下的绚烂野花,在稻田窄小的田埂上或沙漠里,我们也应该试一试。如果我们在星空下做爱,在屋顶或者山巅,如果我们表情严肃,藐视一切,那么时间将嫉妒我们。我们将被这虚伪的无数年无期地放逐了，只带着我们的身体，在冰天雪地里忧伤地缠绵。或许我们能生出一辆可以追回童年的马车呢。

青 春

在月光下追杀我的人，他浪费了自己的青春。我跑得那么快，而他跑得那么慢——我们离得如此遥远，以至于他听不到我胡乱的道歉。而这正好成了他不报此仇誓不罢休的借口。他继续浪费着他的青春，而我，我哪里还有什么青春啊！

新 闻*

今天看报纸时，我的内心本分了许多。我小心翼翼地表示着我的悲哀，几乎想对每一个人说：伙计，

---

* 2007年6月15日凌晨，九江大桥被撞垮塌。

对不起。汽车里播放大声的音乐，我想附身在喇叭那颤抖的膜上，变成一个小小的人儿，被喇叭巨大的振动打断全身的骨头。"从我们车后快速超上来的两辆汽车，闪烁的尾灯，一下子不见了。"这种清醒令人惊讶，他们刹住了车，前面是奇迹般的悬崖，和别人的灾难。他们置身于难得的、该死的境界里了。

他们，这两个老人，站在那滑稽的边缘，又救了许多人。

五分钟

在恩平出差的第二晚，我睡得比较早。凌晨三四点，隔壁房间的人大声嚷嚷把我吵醒了，好像是来了两个女的，里面的男人们迅速地开了门，高声地喊话，那声音离得我很近。他们一直站在门口，我本来就觉得高声讲话是一种给人带来不安的现象，而且现在他们像是故意冲着我的门口将这种恐惧撒播给黑暗中的我。更绝的是，他们居然轻易地推开了我的门，反正没亮灯，我也看不清他们的轮廓，但是他们好像很清楚我睡着的位置，因为声音正是冲着我的脸上飘过来的："五分钟后，我们会进来杀死你，现在你可以想想怎么逃。"怎么逃，连个窗都没有，唯一的出口是被他们把守的那扇门。他们关上门，继续高声谈笑，用语言（或许加上某些动作）来消磨这五分钟。

独　白

其实……爱情跟生命的道理差不多，当你确定爱她时，你会开始害怕失去她，可是如果你永远不会失去她，光是设想一下这种可能性，便马上陷入对永恒的鄙弃与最痛苦的怀疑中，于是你不知道拿这份爱情怎么办才好，应该对它抱有哪些期待。生命也是这样，你既不能接受死亡，也不能设想永生，两者似乎同样可怕——各有各的可怕的方式。所以，理智地想一想，当你追求她而没有获得成功时，这是多好的事情，不管是爱情还是生命，当你拥有它时，一切都晚了。最好是还没有开始，或者是不会开始了。

吸　烟

其实身边多个男人又何尝不可以呢？让我想想，他应该是孱弱的，但是善良的。他也可以在精神上统治我（我一直乐意当配角），但他与我又应该是平等的。我不希望他在我心情好的时候突然和我谈起女人来，不，不要这样大煞风景。其实交流多了未必是好事，一个话题最多两句话就应该止住了。而大多数时间，可以一块到街上逛逛，在郊外抽烟。男人们一块抽烟（不包括为了应酬和礼仪），简直叫人销魂。记得前年在铜仁的旅馆里，我翻开刚买的《尤利西斯》，慢慢地读到这一页，那是多么美妙的一刻：

> 海恩斯停下脚步，掏出一只光滑的银质烟盒，上面闪烁着一颗绿宝石。他用拇指把它按开，递了过去。
> "谢谢，"斯蒂芬说着，拿了一支香烟。
> 海恩斯自己也取了一支，啪的一声又把盒子关上，放回侧兜里，并从背心兜里掏出一只

镍制打火匣,也把它按开,自己先点着了烟,随即双手像两扇贝壳似的拢着燃起的火绒,伸向斯蒂芬。

哼哼,没错。他们在一块抽烟!他们走着走着,突然中断谈话,竟然是为了吸一支烟。在那个阅读的瞬间,难得的机会里(我突然感觉他们一下子站在了我身边,来到我投宿的旅馆里),我立即点上一支香烟,同这两个男人一道吸了起来。

婚 礼

早上你是什么时候醒来的呢?而我在这里,一场婚礼把我吵醒了。说实话,我还真没见过一大清早举行的婚礼呢,怎么会有这种事,太有趣了,你说是吧。如果醒来得很突然,我总感觉到正在做着的梦离我越来越远,然后在一秒钟的时间里,现实与梦就切换了,还挺自然的。但现在又记不起来梦到什么了,可能是梦到了什么灾难吧,我隐隐约约意识到正在发生地震，鼓声从四五十米远的地方轰隆滚来，伴随着人声鼎沸，我醒来后的几秒钟里还是不能确定是不是真的发生了地震。我从床上翻身下来，跑到客厅，隔着玻璃窗睡眼蒙眬地看到一队喜庆的人朝这边跳跃而来。他们涌进了我这单元的楼梯间。我又跑去开了门，新娘子趴在新郎的背上正从我眼前一笑而过，当时我还没穿衣服呢。一大群人像老鼠一样冲上楼梯，跑到这对新人的前面去了。我关上了门，继续睡大觉。当时还是七点多钟。

咸肉冬瓜

晚上，我还是在前两天吃的店里吃饭，点了个咸肉冬瓜。当时嘴里塞着好几片冬瓜，不知怎么的就产生了一个想法：

——我知道自己从来不期望成为鲁迅（虽然读《孔乙己》《社戏》《从百草园到三味书屋》时，我也希望这些作品是我写的），而只是希望成为鲁迅有可能在他散文中用寥寥几笔提及的某个青年，这个青年去拜见大名鼎鼎的鲁迅时,显得如何的紧张而又可爱,鲁迅当时可能什么也不说,待这青年离开后,就在文章中怀着一种怜悯、喜爱、悲哀的复杂感情给记上一笔,但即便如此,这个青年在此之后的日子里仍然是一望无际地默默无闻,丝毫没有可能到达鲁迅对他所期待的那种成熟的程度。我就希望自己是这样一个悲剧性的青年。

场 景

还是夏天时,在街边的屋檐下避雨时想象了一个场景,当时觉得很美,可是没有记下来。现在有些细节忘了,有可能忘掉的是关键部分。

他们在街上等车,这时下起了雨,他们没带伞。他们退回到屋檐下,远远地望着街上过往的车辆,他看不出那些驶过的出租车是否载了客,当他想从屋檐下冲出来时,车已经飞快地开走了。一些水珠滴落在她的头发上,屋檐很窄,她不断地用手去抹干头发。他穿过人行道,跑进街边的一棵大树底下,这里离那些驶过的出租车更近。树底下下着另一场雨，稀稀落落，但雨滴更大，而且总是从那几个相同的地方掉下来，掉在他衣服上和皮肤上。她不知什么时候过来了，站在他身边。"快回去，"他说，"车来了我叫你。""你可以用衣服给我挡雨。"她这样对他说。他穿着一件宽松的大衣，虽然不是一件雨衣。他解开大衣的扣子，将她揽进怀里，用大衣把她裹在里面。她什么也淋不到了，甚至还非常暖和。她紧紧地抱着他，将脸埋在他胸前温暖的内衣上面。雨越下越大，从树叶上掉下来的水珠也越来越多，他的头发和脸全湿了，衣服也湿了不少。过了好几辆车，但都载着客。"快来一辆车吧，我们得尽快回去。"他说。她没说话，他则继续说："因为我硬了。"她将脸从他的大衣里钻出来，刚好迎接了一颗水珠，她眨了眨眼，羞涩而又调皮地笑着："这样也会硬？""嗯，会的。"他的脸贴在她的脸上，贴了一会儿，又将她的脸按回大衣里面去了，同时，她的一只手溜进他的内裤里，那里容纳了它。

外公与飞机

我母亲曾经在电话里跟我商量过一件事情，让我找个机会把外公接到广州去玩玩，并且让他坐一回飞机。对了，那是去年外公生日之前的事了，说外公讲过这样的话，"就剩下没坐过飞机了"。看样子他想尝试一下在天上飞的滋味。"可是让他飞去哪里呢？"我考虑着这个计划，产生了这样的疑问。"还要去哪里才能飞吗？"我母亲好奇地问道（她也没坐过飞机），"就在广州飞不行吗？""在广州怎么飞？"我大吃一惊。"就在广州上空飞一圈嘛。"我母亲利落地回答。"这怎么行？"我为难起来，想着怎么才能做到这一点。"不是说有那种小飞机，专门搭客人在广州上空飞一圈的吗？""谁说的！怎么可能？"话刚出口，我又觉得我的语气太过强硬了，万一真有这么回事呢？哦，怎么会有这种事？！我很犹豫，对自己产生了一种不信任。她说："他们说的。"不过她的语气透露出她已经放弃了那个想法。

装 置

　　读福斯特的《天国公共马车》时，注意到"我"第一次乘坐马车并返回后，神父仍然在"我"家里。照理说，神父只是头天傍晚，即"我"乘坐马车去往天国之前的那个傍晚来"我"家参加晚宴，当晚他就应该离开了（没道理在"我"家过夜）。或许他第二天又来了，但作者没有交代。这让我产生了一种幻想，即，马车是一台驶往过去的机器，乘坐它即可使时光不露痕迹地发生倒流。我想设计一个类似的"装置"，即一个事物，或事件，该事物一经出现，或该事件一旦发生，时光便回到它出现或发生之前的那一刻，但又要让人不轻易察觉到。这是好些天之前的一个想法了，今天我进一步确定了这个"装置"是什么，我想它最好是一种食物，一种普通的食物，吃了它之后，相同的情景会再次重演。

　　（一对情侣吃完分手餐之后，很自然地又一同做了爱，这既可以理解为一次留念，也可以解读成时光返回到了他们分手之前。）

圣诞节

入夜，好像很多灯都亮起来了，我疾步走出小区门口。经过那家鞋店，透过玻璃门，只看到一个男人蹲在一只那么小的电饭煲面前，拿着勺子使劲舀饭。我突然觉得我无法承受这一幕。我想象不出有人竟可以如此孤独。

故 事

我想写的在我看来总显得可笑：一个女孩极不情愿地去男孩家里赴约，她半死不活的表情暴露出她对他全无好感，甚至在设想到他可能希望她爱上他的情况下，她心里自娱自乐地涌起一股夸大了一百倍的惊讶！这邪恶的惊讶，可以说，约等于鄙视。在男孩沮丧地送她离开时，一列火车从他们眼前经过，那列火车是很难描述的，特别是当你从正面看到它驶来时——它实际上没有想象的那么快，于是她第一次得知男孩原来住在铁路附近。正是这样——当然她自己死也不愿承认——她爱上了他。她不愿承认的不是自己爱上了他这个事实，而是不愿承认铁路和火车在这里面起到的重要作用，她认为这种爱毫不虚假，毫无借托，她爱的是他、他给的惊喜、他的迟到和慢。

河 边

今天，河边的护栏上，一对小情侣。大概是职中的学生。男的突然笑了，没有声音，却笑得足够大。多亏这女的当时正埋头在他怀里，她没看到他那令人恶心的笑脸，才避免了一场痛苦。

恍 惚

今天开始读《苔丝》。在第 7 节的开头，哈代写了这样一个令人难忘的比喻（说到比喻，我在读贝克特的作品时，发现他绝少使用比喻）："这是黎明即将来临的时刻，小树林里还是静悄悄的，只有一只预言天亮的鸟儿嗓音清脆地唱起歌来,仿佛坚定地相信至少它知道正确的时间,其余的鸟儿都保持缄默,仿佛同样坚定地相信它搞错了时间。"

这个比喻的重点在喻体部分。它不是真的为了描述清楚黎明时分一只鸟儿的啼叫,而是为了"顺带"揭示一个鸟儿们的世界,同样存在着时间与分歧的世界,这个世界与我们所要知道的故事没有丝毫关系,它只是在某一个瞬间与这个用了几百页纸来讲述的故事发生的世界产生了某种奇妙角度的交叉——擦肩而过,然后便再也不会相遇了。但是它却使全神贯注在主体故事上的读者产生了轻微的恍惚,这种恍惚也是艺术所能达到的所有效果里面很重要的一部分。

母 亲

关于妈妈的墨镜。昨天妈妈给我发了几个短信,都是她自己用手机拍的照片,照片里她一律戴着过年时在深圳买的太阳镜。在这种时候,理解必须动用一生的回忆、体验和强烈的情感,但我不得不痛苦地说，理解仍然是有效的，而且是如此的有效，甚至胜过其他。我记得我还在读高中时，一个暑假，家庭的气氛被她那骨子里与生俱来的正义和某种狭隘理想主义的高度纯粹性弄得异常紧张和沉重。在一个乏味至极的晚上，她刚骂完我（有时她一个笑容的凋敝，就让我感觉她是在骂我），提着一桶猪食一出门就惨叫一声，"哎哟嘀啊！！！"那声音就像要把上天的脑袋拧下来才解气，同时她给这一声呻吟赋予了一种怒愤而完整的语句的刚性，她想把它变成一句话，一句在紧急情况下也不失严谨和力度的话语。而这句向着话语延展变形的呻吟，让我立刻抛开了被她损害的感情，跑了出去，就着挂在柏树上的灯泡那微弱的光，我看到她半跪在侧门的门槛上，那显然是从跌倒的地上试着站起来的姿势，她的手按在膝盖上，猪食桶躺在地上，猪食撒了一地。膝盖上一块厚厚的皮掀了起来，她想把它按下去，又想把它捏起来，事情很明显，但我却问她："怎么啦？"好像严格呆板地遵循着某种搭讪的程序。她没有理我，我不知为什么，反而感激她此刻的冷淡，好像若不是这样，那统一的世界就会发生可怕的裂变，以后再也无法恢复完整似的。我一转身跑进黑暗中，靠着心里的村庄地图飞一般地跑向奶奶家里，仿佛"摔"变成了一头闯进我们家的怪物，我在漆黑中勇敢地向它叫喊着："来吧！来吧！"但是我并没有摔倒，我撞开奶奶家的门，奶奶站在屋子的正中央等着我似的，"干什么，跑得咚咚地响？"她用一种不以为然的情绪问我。我跟她说，我要红花油。

接 受

那天想到一个很简单的道理，我要做的不代表我想做的，只代表我应该做的。

比如，我可以以后生活在农村，但这不代表我向往那样的生活，只不过是，或许我命不好，在农村生活是我唯一的出路，那么它就是我应该做的。

我总是怕别人误解，而把自己的喜好体现在选择里面。我一直把品味看得太重要，而躲避了那些不符合我口味的事物（自作多情的自我标榜）。我应该尝试给别人（如果真的有人关注我的话）制造一些混乱，让他们以一种错误的眼光看待我，其中也掺杂着正确的眼光。

福克纳未必热爱那种他命中注定的生活方式，至少他的初衷不是要做一个远离尘嚣的隐者，他心里装着大城市。他不甘心。我欣赏他在不甘心中做出了这么大的成就，而不是郁郁不得志。

接受，并且主动寻找自己必须接受之物。

因果关系

十月某日，重新审读《不检点与倍缠绵书》，我发现我真正擅长的是抒情，是对不安的享受和陶醉，我骨子里就是一个不懂得诗歌的抒情诗人。

"她笑得眼泪都快流出来了"，这句虽然并不夸张，但过于俗套。如果是小说，我可以考虑改为："她一边笑，一边流出了眼泪"。淡化因果的逻辑（急切），转化为并列的平静，甚至有点冷淡。

过红绿灯时，我在想：我人生的各个方面都还没有展开。

关于使用因果关系进行叙述的一个反例，我刚读到的：

"爸爸要娶阿芙多基雅·华西里耶夫娜，你知道吗？"

我点点头，因为已经知道这事了。

——托尔斯泰《青年》第35章

这个"因为"让我大吃一惊，起先是有一点不习惯，继而感到了不安，后来就觉得它用得非常好。显然，在这句里面用来替代"因为"的，最适合的就是"表示"，但是，托尔斯泰让因果关系出其不意地杀了回来。

聚 会

由于害怕，我沉默了几次。谈论任何事，都是谈论死亡，而空着的椅子上（刚好在我对面）正坐着我们谈论的对象。

不检点与倍缠绵书
——回忆贵州的小县城

2008年,贵州瓮安6·28事件发生之后,我比当年身处那个小县城时更加强烈地意识到:我曾去过那里。我已经不大确定那里的模样,时间或许在2005与2006年间,新建的车站位于县城的入口处,附近应该有所中学,穿着宽松校服的学生们,围着路边的烧烤摊尖叫和打闹。下车前,我发现那只多处破损的业务包被半路下车的人偷走了,包里装着产品资料、价目表和一把牙刷、一条毛巾、一本纳博科夫的《普宁》。我来到这里好像就是为了住上一晚,然后回去,因为第二天我根本做不了事情。车站旁边是一片田地,它的四面都是田地,离县城那连绵的建筑还有不近的一段路程。

我现在不敢确定我回想起来的这个地方就是瓮安。也许是余庆，它附近的另一个县城。如果真的是余庆，那么我再也无法回想起在瓮安的任何情形，除非某一天我故地重游。如果它的确是瓮安，那我又怀疑我是否真的去过余庆。

在瓮安的东南方向，余庆的正南方，还有一个县城，叫黄平。从地图上看，三个县城几乎构成一个等边三角形。黄平也许有个新县城，有个老县城（这种情况在贵州比较多，比如盘县、黔西，等等），对于这一点，我只有一半的把握。但不管怎么样，有一点是可以肯定的，那就是，黄平之行属于我另一次去往这个方向的旅程了，因为包的丢失，瓮安（余庆？）之行的第二天，我又返回了贵阳。还有一个因素使我非常确定这一点：黄平之行是两个人。

和我同行的是一个长我十岁的姓覃的业务员，他是衡阳长城线卡的业务员，他在贵阳的代理商正好是我的代理商。在贵阳的三年里，我和他一块出过两次差，这是第二次。（顺便说一下，第一次同他一块出差之后的两年里，每到春夏之交，我在贵州那些弯曲或笔直的公路上，看到车窗外掠过的大片大片金黄的油菜花时，总会想起他。）这一次我们制订的出差路线是（我现在根据地图推断出来的，不一定跟当时实际吻合）从贵阳出发，到龙里，再到贵定，再到福泉，再到麻江，再到凯里，再到黄平，再到施秉……预计耗时十五天。对于黄平县城，我同样没有什么印象了。但去往黄平的路漫长、曲折得令人记忆深刻。我们乘坐的中巴车驶上了一座大山，在山顶上我们看到走在路边放学的孩子们，他们往山下走去。这些孩子也许还不属于黄平县，因为那只是路途的开始。他们，我忘了具体是什么特征，让我认为他们是少数民族人家的孩子，但他们的背影让我产生一种突然没有了任何声音的幻觉；这种幻觉令我想象出小鸟在附近的树林或高空使劲地扇扑自己的翅膀的样子。这条只由泥土构成的山间公路，用漫天的黄尘来掩饰过往的车辆，似乎它们的到来是一个羞愧的过失，似乎尘土能像橡皮擦一样擦拭干净这些洋铁皮的车身和事实。尘土落下来时，路边的草（它们就像柔软的反义词）被压得更低了。

山脚下有座木屋，那里有些人。当车从那儿驶过时，我感觉车轮似乎已经轧到了木屋的地基，继而将那木板做成的墙和树皮的屋顶碾得粉碎。一个走在前面的孩子转身前将胯前的书包往身后一甩，安安静静地站在那里，微笑着朝我们的车厢敬了一个少先队礼，那弯曲的手臂活像某颗行星的轨迹。"调皮的孩子。"我跟覃大哥嘀咕着。接着我们又遇到一些孩子，他们同样会停在路边，注视着，让车先过，并向车厢敬礼。车子终于驶上了沥青马路，开始有整齐的村庄在视野里出现。马路边的红砖平房显得气宇轩昂，一个大孩子（可能是高中生）在屋前空地和马路的接壤处拍打篮球。他停下来，将球托在手心，另一只手朝着驶近的中巴车敬了一个礼。

我后来认识了一个同事，就是黄平人，我从他那里得知，黄平的孩子向过往的车辆敬礼是老师们教的，这事还被《焦点访谈》栏目曝光过，电视台批评教育当局利用孩子们做噱头，提高黄平县的知名度。可我除了这些孩子，除了那条山间公路，对黄平县真的没什么印象了。

我去过施秉，这是肯定的。我和覃大哥住在一家宾馆三楼的带阳台的房间里，住了三天——也许就是在施秉。住这么久（在别的地方我们只住一天）是因为下雨。这家宾馆在山脚下，我们还差点去爬山。但在这里我们曾做过什么呢？似乎有一天晚上，我们还在街上走。而在白天，我曾冒着细雨走进一条很深的巷子里去找网吧——也许是公用电话亭，他则躺在宾馆的床上看电视。

覃大哥成了我进行某些回忆的参照物，因为同别人一块出差的机会极少，大部分时候我都是自己去。有些地方，我已经忘了自己处在那儿的情形和感触，却仍记得他高大的身影与街边某个建筑或某块招牌形成的一幅模糊的画面。我记得好几次仰视他时，他的笑脸映衬在当地的天空中。关于龙里（我唯一去的一次就是跟他一块），我有两个极不客观却非常真实的印象：龙里的尽头是一个荒凉的火车站；某条破烂的街道的拐角就是龙里。在麻江，我只记得我们曾为一顿晚饭而跑遍了几条主要的街道和数不清的阴暗肮脏的小巷。

镇远是一座很特别的县城，我几乎是带着炫耀的心情领着覃大哥来到镇远。住的是以前住过的旅馆，但半老徐娘的老板娘已经记不得我了，她说我："这位小伙子长得真漂亮！"覃大哥哈哈大笑起来。吃饭就在旅馆旁边的一家酸汤鱼，那时好像是四五月间，我们点了一道从来没吃过的菜，就是用生菜叶包肉沫子和干菜。这里的饭桌几乎只有膝盖高，坐的则是矮板凳，就跟我心里不断浮现的熟悉的惊奇一样，店里的女服务员们也一定觉得我们是些怪异的旅人。吃完晚饭，我们沿着潕阳河岸走了走，在岸的某处，突然没有了沿河而建的房子，出现一堵断垣似的龛，里面供着一尊石膏做成的神像。旁边是下到河里去的石板台阶，我们走下去了，看到一条底朝上的小木船搁在岸边。这时的我对镇远已经很熟悉了，反而什么也不想多说，我微笑着。

这是我记在博客上的两篇日记，时间是2006年，那时我已经在贵阳租了房子，并买了电脑。

1

我现在在织金。这里虽然有着"世界奇观"，但仍是一个不甚开化的城市。这远不是我所能习惯的贫穷，他们的街道破烂而瘦小。走在这些缺少行人的街道上，我总担心一拐弯就会出现一片沙漠。人们欢天喜地，因为他们可以在街上随便吃到油煎土豆。

2

廖老板是个好人，他刚才请我在他家吃午饭，还很欣赏我给他带来的新产品。他很热情，也很可爱，四十岁的人了，还像一个懵懂的孩子一样，一脸的糊涂劲。但他那是大智若愚，他其实很会做生意，讲的道理也很实在。而且他不像别的老板那样叫苦连天，他毫不忌讳地向我夸耀他的利润是多么好，他的生意做得多么轻松。

第二篇写于黔西，廖老板是我们在该县城的一个零售商，他并不是什么大客户。他看上去有点傻，似乎他从来不认真听别人在说什么，因为怕别人说的大部分话题自己听不懂似的。但他很相信别人能欣赏他的那些奇特的方法，所以他会神秘而又十分低调地讲述他的这些"艺术"。这是我在博客里没有详细写的，关于他向我夸耀他的利润如何好，他的眼神和语气使人觉得这事已经跟金钱没有关系了。当时有一位顾客来买双面胶，廖老板报的价格是两块一，顾客说，两块算了。顾客很高兴地走后，廖老板告诉我一个很大的奥秘：其实进价只要一块钱。他带着我浏览他的货架，每一样商品都贴着价签，他自己用圆珠笔工工整整地写上数字。他说，这些标价没有一个整数，全都带小数点，奥秘就在这里，小数点后面的数字，就是进价。"我从来不去记每种货的进价，因为我都公布出来了。"当然只有他和他老婆看得出来。比如双面胶的标价是￥2.1，表示进价是一块钱。如果标价是￥7.38，进价就是三块八。"我一眼就能看出卖一样东西能赚多少钱，当顾客砍价的时候，我也能很快地决定能不能以那个价格卖给他。"我感觉，他快乐地告诉我这些，既不是在说钱，也不是在说生意。关于这位廖老板，我还想起一件有趣的事。可能是发生在我这次拜访他之后，有一天他到贵阳来进货，我刚好也在代理商店里。那天是代理商的堂妹（一位奇丑无比的、四个女儿的母亲）在店里开单，廖老板就像他每次来一样，扔给她一张烟盒上的锡箔纸，上面整整齐齐地列着他要开的货，并在一边等代理商的堂妹合算货款，准备付钱。代理商的堂妹一边开单一边跟他打趣（有一个耐人寻味的现象：越是生意往来多的，代理商跟他们的关系就越糟糕，像廖老板这种小客户，反而跟代理商关系融洽）："老廖，怎么每次都是你一个人来进货，从来没见你老婆一块来呢？"廖老板说："唉呀，她要看店，走不开啊。我们生意实在太好了！""哦，好像她来过几次，去年有一段时间都是她来的。""我那时病了，所以就让她来喽。""老廖，你病了？你那时得了什么病啊？"廖老板说："我那年啊，得了一种奇怪的病，我得了抑郁症。""哈哈哈哈哈！"代理商的堂妹笑得眼泪都快流出来了，她说："老廖，你怎么会得抑郁症哦！"我一直觉得这番对话是我在贵州获得的最美好最真实的印象之一，它曾带给我夜里忍不住翻涌而起的快乐。

黔西是贵州西部最美丽的县城，它是新建的县城，之所以这么新，能让人久久留下一个十分干净的印象，也许是因为它的旧县城实在太旧太破了吧。但我没去过旧县城。我曾去过几次黔西，一直想找一个能比廖老板做得更大一点的客户，但他们都摇摇头，没什么人对我们的产品感兴趣。

在附近的金沙县城，就有这么一位大客户。他是湖南邵东人，我刚来贵州时，经常听代理商说起他的名字，他的名字意味着一统江山的局面中一股令人不安的反动势力。他在金沙几乎垄断着我们公司的牌子，他的货全都是以超低的价格从湖南邵东的代理商那里发过来的。这就是所谓的窜货。他进价低，卖出去也很便宜，而金沙那些从贵阳代理商这儿进货的客户要以同样的价格卖出去，就意味着亏本。慢慢地这些客户都不做我们的牌子了。代理商跟我提起这个人时，常常是咬牙切齿的。我善于把一切想象得太过严重，以为这样的人一定是无恶不作的混蛋，所以当我第一次去拜访他时，心里十分紧张。可是没想到他很友善，也很通情达理，他说以前的业务员就来跟他谈过这事，但代理商不肯答应某些条件；其实他也不愿从湖南进货，太远了，补货也不方便。我很快就同他谈妥了，以某个十分优惠的价格（当然比湖南要贵一些，因为湖南人卖给他几乎不赚钱），保证在金沙不发展第二个客户。我很喜欢去金沙，也许因为这位是我亲自"招安"过来的客户，他对我也很关照，常常神不知鬼不觉地叫店里的小工从外面的饭馆里帮我买一份饭菜来，让我在他店里吃——他总是料定我没有吃饭。生意上的事，如果他跟代理商又闹了什么误会，我去从中斡旋时，他总是能给我面子——不过现在想起来，他并没有让我从他那里得到过什么便宜，反而是我自己情不自禁地给了他很多实惠。他和廖老板一样，都是中年人，却有着小学生在课堂上特有的"走神"。我喜欢去金沙的原因，还有一点是因为那里有一家很大的旧书店，好像是叫文博书店，招牌是用篆体写上去的。那里有很多我从未见过的书，我常常在拜访完客户之后，去那里看看书，也曾买过几本。

我只去过一次威宁，它舒展在贵州版图的西北角落里，所以那时我幻想自己来到了新疆。那是一个很简单的县城——简单得好像寥寥几笔画出来的。整个县城只有三家五金店，代理商跟我说其中某某是以前有过生意往来的，但当我去到那个店里时，这位某某迟钝的反应、漠然的表情，让我觉得这是一块正在退往历史深处的土地，他们快速地遗忘眼前的事情，重新又经历起那些久远的往事。他就像是汉朝的人。我只住了一晚，决定放弃这个县城。还有纳雍，还有赫章……这些已经在我脑海里彻底混淆了的县城。也许是在赫章，我大中午站在刚走出来的散发着一股难闻的气味的车站门口，心里突然涌起强烈的绝望。在这些地方，我强烈地想要离开的地方，却经常出于一个细小的原因，而久久地拖延在那些毫无热情的街道上，有时是为了随便买个什么东西换些零钱，却无法消除自己看到每一样商品时随即产生的厌恶，而继续朝着离车站越来越远的方向走下去，有时为了买一份报纸在车上看，便一直在街上寻觅而错过了尽快离开的班车，有时则是为了要不要填饱肚子再走而犹豫几个小时。

在毕节这些县城间往返的路上，我曾到了那个地方——妈姑。那不是一个县城，所以我无法下车。说说那个名叫大方的县城吧。有一次我在贵阳的网吧上网时，群里突然有个女孩子发言，她马上要毕业了，有很多衣服都不想带回去，所以同室友商量想捐给贫困地区的学生们，请问谁能帮忙联系到受捐的单位。我跟这女孩子一点也不熟，但我当时不知怎的，一下子想到了大方县，就在群里回复她：捐到贵州来吧。后来，她加我为好友，专门讨论了捐衣服的事情，讨论的结果是，我先去大方联系好一个中学，跟那里的老师说妥之后，她就直接照着地址把衣服寄过去。在此之前，我当然是去过大方的，那里的贫穷给了我深刻的印象，还有一个每次去都答应同我做生意，却每次都放我鸽子的年轻客户，他的店面很小。但贵州贫穷的县城很多，我为什么独独想到大方？我现在觉得这个县城一定给我留下过一些愉快的回忆，可能是一条石板铺成的绕着弯、溅着污水的街道，也可能是"大方"这个名字带给我的遐想（就像"妈姑"带给我的遐想一样）。我那时一直觉得自己是个冷漠的人，像我去过的大部分地方一样，没有一丝热情，而如果别人对我表现出热情的话，我会觉得浑身难受。所以当我怀揣着联系受捐学校的目的去到大方时，我不断地想着：真奇怪，这不像是我做的事情。那时，我这个冷漠的家伙，也已经习惯不去信赖自己的想象，我反而觉得凡是自己想象过的情景，都将是现实的反面，是不会发生的。我在车上想象着跟某所学校的领导商谈捐衣服的事情，领导们都很重视，将我请到校长的办公室，或者某间会议室，他们既感动，又有些好奇，完了他们带我去某个重点班，让我跟班上的孩子们讲几句话……而以下是事实：大方二中的门卫，一个看上去历经沧桑的沉稳的老头，将我拦在学校门口。我略显胆怯地跟他说明来意，他竟自作主张表示了婉拒。他说，这不符合捐物的正常程序。学校是不敢擅自接受这批衣服的，如果学校有这个需要，应该是向县里有关部门申请，然后一层层往上申报，省里核实情况之后，才将捐赠物资发给县里，县里再发给学校。"衣服这类东西，要经过严格消毒的。"他意味深长地说。我觉得他说得很有道理，去他妈的校长办公室，我想，我觉得想象永远是不成熟的。老头建议我去县里的某个部门联系一下，我问他那个部门在哪里，他叫我打个的过去。的士带着我来到那个地方，司机指着一栋十分普通的两层楼的红砖民房说，现在是中午吃饭时间，里面肯定没人的，你等到两点钟吧，两点钟他们就来了。我递给他两块钱。这不像是政府机构，而像是一间店铺，现在关了门，因为老板料定这个时间不会有什么生意。不过到了上班的时间，他们倒是准时来了，而且态度也很好，生怕一不小心就得罪了我似的。但他们不能接受我朋友捐赠的衣物。我问那人，那到底哪里可以？他说你去贵阳吧。

　　我有点厌倦了这件事情。到贵阳后，我拖了很久才去了趟市救灾捐赠接收办公室，把事情给落实了。他们留给我一个地址，一个男的问我捐赠人叫什么名字，我说我不知道她叫什么，我只知道她的网名。他笑了笑，叫我留下了我的姓名和电话。我把地址发给那女孩，没过几天，救灾捐赠接收办公室打电话叫我去一趟，他们收到衣服了，足足有十公斤，很大一袋子，他们叫我看一下是不是这些衣服。我怎么知道是不是，但我还是打开看了一下。他们开了一张收条给我，并叫我在上面签了字，我本来想签那个女孩的名字，可是我的确不知道她叫什么。

这件事发生在2006年夏天；到了秋天，这个女孩成了我的女朋友。我也是因为她而于该年年底离开了贵州，并迄今也没再回那里去过。

我2004年刚来贵州时，住在代理商的仓库里，跟他的小工们睡在一间用木板隔出来的阁楼里，里面刚好能容下一排木板搭成的床。那时我没法睡懒觉，代理商的妹夫一大早就到仓库来拿货，如果让他看到我还在睡觉的话，他总会冷嘲热讽几句。有一天晚上，我同代理商的两个小工到酒吧去喝酒了，喝到很晚，其中一个和我都喝得烂醉，另一个将我俩扶回来的。第二天醒来，浑身非常难受，但我还是不敢继续睡，同小工一块起了床。起床后，我到店里跟代理商说了一声我出差，便背着包坐车来到一个就近的县——福泉（这是贵州为数不多的一个县级市），随便找了家旅馆，睡了一天。

福泉好像有一小截旧城墙。有一次我经过一排面包店，每一家的门口都有一个玻璃橱窗，里面的生日蛋糕样品一律长满了茸茸的黑色的霉。

黔南州的几个县我都去过。在贵州最南部的那几个县城，是整个省唯一语言差别较大的地方。他们说四十就是十四，说十四就是四十。在荔波，贵州最南部的一个县城，有一个姓牛的客户说的话，我只能听懂百分之三十。我第一次去他那里，听他讲了代理商一天的坏话。第二次，代理商叫我去帮他收回牛老板欠他的两万块钱，于是牛老板就退了两万块钱的货，这些货我跟他一块从仓库里搬出来，然后同他一块清点，并列好清单，整整弄了一天，才全部打包好码在他店门口。这时天黑了，牛老板的老婆，一个在县某家医院上班的医生，来到店里。她竟然长得很好看，人也很善良，她一来，我和牛老板之间的那种无形的敌意一下子荡然无存了，她说，小彭，生意不做了，但还是做朋友吧。忙了一天，你也累坏了，让老牛请你吃饭。这实在出乎我的意料，而牛老板也只好请我吃饭。我们三个一块去了一家很有特色的餐厅，好好吃了一顿。第二天，一大早，我来到牛老板店里，他关了门，同我一块去找了辆马车，将打好包的退货分两次拉到一个货运部，发回贵阳去了。我一直觉得长相丑陋、牙齿漆黑、性格自大、心胸狭隘、吐字不清的牛老板实在配不上他那位美丽善解人意的妻子。

还有一个印象深刻的地方，就是独山。听说这个县城的批发做得比它所属辖的地级市都匀还好，因为它的地理位置、交通条件都使得它成为一个天然的重镇，以它为中心，到周围的每个县城都很方便。但独山给我留下的印象是破烂，脏。我一直是路过这个地方，每次都是只拜访同一个客户，然后就坐车离开。后来我在这里住了一晚，傍晚时到城里各处转了转，才发现这个县城也有美丽、干净而且休闲的一面。在某个地方，还有一个广场，人们坐在那里的石凳上。我还遇到卖旧书的地摊，买了一套卡尔维诺的《我们的祖先》，那是我第一次读卡尔维诺。独山的这位客户，听说是个大客户，代理商经常说起他，可我一次也没遇到过。我至少去过五次独山，下了车，沿着那条荒凉的街一直走到一间破破烂烂的五金店，他老婆坐在大门口，身边躺着一条掉毛的大狗。"王老板呢？""去都匀了！"每次都是这样，我就没碰到过他一次。"我带了新产品来给他看看。"我说。这位中年妇女笑着让我坐下，并说，她会告诉她丈夫的。我直到离开贵州，也没见到过王老板，他也没卖过我们的新产品，虽然他还是大客户。他要发货都是打电话到代理商的店里来，但也有几次，等我从别的地方出差回到贵阳，代理商告诉我，独山的王老板昨天来过。

我去三都完全是因为在报纸上看到，三都是贵州唯一一个水族自治县，也是全国唯一还保留着水族文字的地方。在那里我看到街上卖菜的妇女都穿着水族的服饰，这些女人真漂亮。也许是在县政府的大门口，我见到一些奇形怪状的象形文字，赶紧用手机拍了下来。惠水、长顺、平塘、罗甸我都去过。在平塘我看到有一个男人在往地上倒水泥，腾起很大的灰雾。

而游历遵义各县无疑是我最漫长的一次出差。

那是我在贵州的第一个月，工作非常积极，我用了半个月的时间，把遵义每个县都跑了一遍。这也是我对贵州最久远的记忆了，除了几个很特别的事件，除了一些像静静地沉淀在很深很深的水底一般的复杂的感受，我能想起的实在没什么了。那些县城具体是什么样子的？那些客户都是些什么人？很多县城我再也没去过。我最开始的路径应该是先到湄潭，再到凤冈，然后再返回遵义坐车去了绥阳，这样推算的话，比较符合我丢手机是在出差的第三四天这个时间，正是在从绥阳去往正安的路上，我将手机掉在了车上。在绥阳拜访完客户，时间是中午，我想赶紧赶往正安，但客户告诉我，车站没有去正安的车，他叫我上城边一条省道边去拦遵义开往正安的车。我走在一条田埂上，前方是那条省道，它从我眼前横过，一辆红色的的士正从右至左飞奔过来。它突然停下了，并向我按喇叭。我快跑了几步，登上了省道，我问他什么事。他说，你是不是去正安，我捎你去吧，你只要给二十块钱就行了。我说，为什么这么便宜？他告诉我，正安人经常包车去遵义，一趟大概是三百块钱，回来时往往是放空车，所以路上能捡到客的话，随便给点油费也是划算的。我又问他有没有车票，因为我要报销的。他说有，到了正安就有。路上开了足足有四个小时，到了正安已经是傍晚，他问我，你要住在哪家旅馆？我现在没有票，但晚上一定把票送到旅馆来。这时正好经过一家旅馆，我说你在这里停吧，晚上一定要把票送过来啊，要不然我就亏了。他说好，多送你一点都没问题。他还叫我留下手机号码，方便他找到我。

进了旅馆，开好房，往床上一躺，我就知道我手机丢了，因为腿部靠裤兜的地方感觉跟平时有点不一样。那里空了，轻了。我的手机正是掉在那辆的士上，司机肯定发现了它，据为己有了。我跑到电话亭，拨打自己的号码，响了几声，并一直响下去。我又打了一次，刚一响就挂断了。再打时，就打不通了。我还去报了警（那是我第一部手机），但忘了是当天，还是第二天。警察什么也没有承诺。也许是第二天吧，因为当天我犹豫得厉害，我不敢跑出去，怕司机会来旅馆给我送票，或许手机真不是他捡了呢？结果，他票也没送来。

我沮丧极了。从来没掉过这么值钱的东西。我简直没有心情去拜访客户。我想现在我是与世隔绝的人了，我在这些县城间游走，没有一个认识的人能知道我的下落。我除了给家里打过一个电话，便再也没有联络任何人。由于不想换号码（名片上印的是丢失的那个号码），我便想着等回到贵阳再考虑买手机的事情——其实回到贵阳也不一定就能买手机，我那时根本就没有再买一部手机的钱。我继续我的旅程，务川、道真、桐梓……好像是在道真，我沿着它的主街道一直走，天快黑了，我发现这条街的尽头是一间土砖房，残垣断壁的样子，到处是被柴火熏黑的痕迹，绕过这间土砖房，转个90度，朝屋后走去，便是我家乡了——一间接一间的老房子，墙壁上嵌着石块和木头，漆黑的大门开着，屋里尽管黑暗，却给人一种非常潮湿的感觉，所有的屋子里都看不到人，可是久久盯着，却发现黑暗中有一个老人的轮廓……这里真像是我小时候的家乡。我赶紧跑回街道上，再往回走去，楼房、临街店铺、霓虹灯又开始出现了——刚才就好像做了一场梦。我无意识地扫视着在我身边往后退去的那些店铺，狭长的柜台里摆着的手机引起了我的注意。那是二手手机店，而我之前并没想到过这也是一个办法，我进去问了问，果然比新手机便宜多了。我又逛了几家这样的店，终于看中了一部诺基亚，黑色的机壳，流线型的机身像条鱼一样，它不是彩屏，而且也不是很新，所以只需要350块钱。我买了。

我还去了习水，去了仁怀。我感觉自己从贵阳出来太久了，我已经忘了贵阳是什么样子，也忘了贵阳还有我认识的人。我想到代理商没有我的消息一定很急，所以打了个电话给他。他说："小彭！你再不出现，我们就要报警了。"我说："我手机掉了。"他说："手机掉了，你也要告诉我们一声哪，电话老是打不通，这么多天没有一点音讯，还以为你被哪个女的拐走了呢。"我知道自己做得不对，但也不至于低声下气地道歉，便说："老大，我过两天就回贵阳了。""嗯，回来再说，回来再说。"他说。

最后我是从仁怀回贵阳的。仁怀也是县级市，因为有茅台酒这样的企业，所以整个城市看上去很不错。从习水去往仁怀的路上，会经过茅台镇，而那时我还不知道,所以当紧闭着窗的车厢里弥漫着一种怪怪的很浓的气味时,我一点也没想到那是酒香。后来有人终于忍不住说,好香啊!我才在心里承认了,这真的是一种香味。茅台镇家家户户都在酿酒,每家门口都摆着很大的酒坛,酒坛的大肚子上贴着一个酒字。我以为茅台酒就是在这镇上生产的。到了仁怀,别人告诉我,这里才是出产茅台的地方。

后来我又去了一次仁怀,那时正在修路,一路都是颠颠簸簸的,我暗自好奇那些装在玻璃瓶里的酒是怎么运出去的,难道不会全部碎在路上?到了仁怀,我直接打了个的到客户那里,并不远的路程,可是司机要收我五块钱。我说,县里打的不都是两块吗?他笑笑说,兄弟,这一趟路程有点远啊。我说远一点,也是三块了不起啊。他说,都是这么收的,我不会骗你的。我冷笑了一下,没再说什么,故意给了他十块钱,看他怎么找,结果他真的只找给我五块。我下了车,记住了车牌号。进了客户店里,我就问他,你们这里打的是多少钱?他说,三块啊。我说不是两块吗,别的县城都是两块。他说这里是市嘛,县级市。可他收了我五块。客户一听,眼睛都亮了:你记住他车牌号没有？我说，我记了。他很兴奋地叫我赶紧打电话投诉。等门口再驶过一辆的士时，我们就跑出来，记下了那个印在车门上的投诉电话。我用手机打了过去，那边说知道了，一会就查出这个司机，并再通知我。没几分钟，我手机响了，是一个男人打来的，他可能就是领导，在电话里态度很好，也很重视，他十分礼貌地问我贵姓，又详细地问了我是从什么地方打的到什么地方，他肯定地告诉我，这么一点点路，收五块绝对是贵了，提到那个司机时，他立即换了很愤怒的口吻，一定要严惩他！他说，彭先生，你现在过来我们这里一趟，我一会儿叫那司机回来，我要他当面向你道歉，并退还多收你的钱。我说，不用了吧，你批评批评他就行了……一定要来！他说，你不来，他还不一定会承认呢。我说好吧，怎么坐车？他说，你打个的吧。就这样，我稍稍跟客户聊了一会儿，就告辞了，然后我还得再花三块钱打一辆的士，去讨回别人多收我的两块钱。我上了的士，告诉司机我要去他们总部时，那司机厌恶地看了我一眼，一声不响地将车开动了。在车上我心里突然一惊，想这会不会是个陷阱？我到了那里会不会被人毒打一顿？我在这里谁也不认识，连那个客户也是头一回见面……那个办公室在二楼，我爬上一条很窄的楼梯，屋子里站着好几个人，有的像企业家，有的像中学老师戴着个眼镜，也有的像乡干部。那个像企业家的坐在一张办公桌后面，热情地站起来迎接我，并叫我不要怕，是不是他？我顺着他指的方向一扭头，便看见那个司机正坐在一个角落里，脸上不自然地抽搐着。我说是他。接着我对那司机说，你为什么收我五块？是不是看见我说普通话？他说，路程多一点少一点都是很难说的嘛，又没装表……那位领导便斥道：不要狡辩了，快向人家道个歉！那司机就望着我说，不好意思啊，哥们，这是我多收你的两块钱，你拿着吧。我显得不自然，伸手去接两块钱？但那领导一定叫我接下，说，这只是第一步，先把多收的退还，他又问我贵姓，然后说，现在，你的权益受到了侵犯，你有权决定怎么处罚他，你说你想怎么处罚他？我说，还要处罚啊？钱退了就算了，他态度还不错，我也不想怎么样他了。那领导竟然像教育自己家孩子那样对司机说，你看看人家彭先生，多通情达理，碰到他算你走运了，下次再发生这种事，我看你还想不想干了！

总之，大概说了些诸如此类的话吧。那位中学老师模样的职员给我倒了杯水，并冲我笑了笑。后来，那领导说，我还是觉得过意不去，这样吧，彭先生，你现在要去哪里办事情？只要是城内，无论多远，我都派他免费送你过去。我想着，那多难堪啊，天哪，想想都觉得尴尬，我赶紧说，我事情办完了，没事情了，我得回贵阳了……叫他送你去车站！领导说。那司机也赶紧站起来，说，我送你去。在路上，那司机没跟我说话，但也没什么难堪的表情，我想既然他都不觉得难堪，我为什么要觉得难堪呢，于是心里和脸上又蒙上了一层淡淡的敌意和冷漠。直到他接完一个电话，他终于开口了："我被罚了五百块钱。"我说："刚才这个电话是你们领导打来的？"他点了点头，"罚款或者开除，随我选。"然后我们都没再说什么。

我后来再也没去过仁怀。

2005年，一个打压我嚣张气焰的人来了，他就是覃大哥。我知道代理商的长城线卡卖得很好，每次有人来问线卡，代理商就叫他的小工拿长城线卡和一把锤子去水泥地上敲，结果水泥崩开了，线卡上的钉子还没弯。他以这种现场示验的方式争取了不少客户，有时一些老客户来到店里，代理商会突然想起来说，老弟，你这个狗东西，你怎么不卖我的线卡呢！覃大哥就是这个产品的厂家业务员。他来了。提前三天代理商就跟我唠叨，要来一个厉害角色，你应该跟他学习。那天，天色突然暗下来，狂风乱作，转眼间下了一场好大的冰雹，这时一个高大英俊的男子跳着跑进了店里。晚上，在代理商家吃饭，代理商叫覃大哥好好安排一下第二天的出差行程，然后拿出了他那瓶臭名昭著的散装茅台（茅台镇上的农民酿的米酒），那玩意真难喝。不知为什么，我对覃大哥有种亲近感，也许这只是一种强烈排斥的逆向表现，总之我较劲似的揪着他喝了不少，我当然是彻底醉了，但我没想到他也醉了。他在代理商家里睡，我则去仓库睡。他问我，你平时几点钟起床，我说一般是七点多，他则叫我六点钟起来，他在家里等我。

从那时起他就一直控制着我。第二天清早，我们坐上了去开阳的车。开阳是贵阳周边的一个县城，我那时还没去过。在路上，我跟他讲了一个高中同学的事情，他听了后很高兴，而且提出了很多问题。那是我这么多年遇到的第一个能这么认真听我说话的人。我则完全陷入了他的陷阱，巴不得处处讨他欢心，我不断地思索着一句话应该怎么说才能让他欣赏。我十分可笑地告诉他，我是一个文学爱好者。他也告诉我一个秘密，这个秘密我不能说出来。

后来他说，你睡在他的仓库里，不应该那么晚才起床，他虽然不是你的老板，但他是你的上帝，也等于是你老板，没有哪个员工起得比老板还晚的。我听了有点不快乐，但我并不讨厌他。到了开阳，我们找了一家面包店吃早餐，在那里他就说，你应该读《易经》，读《老子》，你知道为什么一根草很难折断，而一根树枝却一折就断吗？读了《老子》，你就会知道。这是因为在之前他曾问我读过什么古书没有，我就说古希腊的戏剧、史诗……他现在借题发挥来着。他说，你比我聪明吗？不见得吧，可我什么书也不用读，我就只读《易经》和《老子》。我跟他争论了一下。他说，那好，你能告诉我，什么是古希腊吗？古希腊是从哪一年至哪一年？我说不上来。他说，不先了解历史，怎么读文学。他觉得可笑之极。在开阳大概只待了一个小时，去拜访了一位客户，当然有他在，我几乎说不上话，我在一旁就像是他带出来见世面的小孩子。

一出客户的店面，他就叫我打的去车站。的士行驶在一条正在翻修的路上，尽是飞尘，覃大哥说，这条路跟我们从车站来时的那条路应该是围成了一个圈。他满意地微笑着，望着我：你发现少了什么东西？我摇了摇头。"我的茶杯。司机，回我们上车的地去。"我们又回到客户店里，他跑进去拿了他的茶杯，站在门口跟客户客套了几句。后来他说，没准我是故意的呢，客户往往会因为这些插曲而记住你，比你跟他啰唆大半天更有用。他问我接下来去哪里，我说去修文吧。

在车站，他看到有去遵义的车，便指出应该去遵义。他说你就是没有气魄，小县城何必看在眼里，搞好一个市比跑十个县城意义更大。在去遵义的路上，我们经过久长镇，他对这个镇的名字很喜欢，并打算用它为他那个秘密里的某个东西命名。经过一片油菜花时，他对我说："人在花心，花在人心。你觉得怎么样？"我说不怎么样，他则认为这句话有种双关的含义在里面，十分微妙，并且叫我再琢磨。我假装琢磨，陷入了沉默，渐渐地使他淡忘了这件事。在遵义下车时，我得意地告诉他车站附近有个地方叫春天堡，他说这名字也好，但比不上久长镇……

关于他的事情，实在不应该继续在这篇文章里谈论过多。当晚他突发奇想要包辆红旗轿车连夜赶回贵阳时，他的精神就已经处于严重的过度兴奋的状态了。在回贵阳的路上，他打了一个电话给某个女的，他在电话里叫她姐姐，但听得出来关系不一般。打这个电话时他真是意气风发啊！我坐在一边，想到了很多事情，也想到了很多我无法经历的事情。但是我没有记住他说的那些话。如果我能记住的话，凭这些素材——包括他在之后的几天内说的所有话——我应该就能写出一篇足以跟"香蕉鱼"相媲美的小说来。我们是在至少一个礼拜之后才发现他疯了，而事实上，从他来到贵阳的第二天，也就是在从遵义回来的路上，在那个夜里那辆红旗轿车上，他就疯了，只是那时尚未出现那些幻觉，幻觉是他回到贵阳后才产生的，他觉得代理商要杀他……在他发疯的几天里，我一直在他身边，也一直艰难地承受着他疯狂的眼里那个黑暗的、狡诈的世界。他用他那颗精神病的脑子控制了我好几天，直到我终于开口对别人说出他疯了，我才像是从一场噩梦中回到了现实。

第二年，他又来到贵阳，这时他已经康复了。

我发现他原来是一个不爱说话的人，甚至有些腼腆，而且对很多事情并不感兴趣。

让我感觉最远的县城，是盘县。那是个很难抵达的地方，当我坐在车上时，我不知道自己从哪里去哪里。刚好是在一个天气很糟糕的日子里，心里忧虑重重，我感觉当天色暗下来一些，我的生命又消失了一段。后来下起了雨。如果一定要让我说出盘县的样子，我脑子里会浮现出一架铁路桥下面的方形桥洞，然后是一排砖瓦房的屋后的水沟，这些印象肯定是荒谬的，它可能是我小时候去过的某个地方的模样在我脑子里的渗渍，也可能是儿时读过的什么书里面描述过的一个场景。我见到一个邮局，在那里给我妹妹汇去了几百块钱。当天晚上我住在那个阴冷而荒凉的地方，虽然一下车我就想离开，但我知道"这里离任何地方都很远"（我在一篇小说里写过这句）。这家旅馆很脏，而且根本不像是旅馆，它就像是我们读小学时跟教室连在一块的那些老师的简易住所，狭长的红色的门，油漆剥落，门框上是一扇倒着的"日"字样的玻璃窗，地板是水泥地板，里面摆着目的在于给你提供方便的瓷脸盆和热水瓶，可正是这些东西让你感到脏。我看到旅馆女服务员的手，有裂开的红红的口子，我问她："你们这里怎么这么穷呢？这里是盘县吗，还是一个小镇？"她不服气地说："这里是老盘县，新县城在红果，正在建好多新房子，可好呢。"第二天我又去了红果，这个名字真好听。红果的细雨让我记忆深刻，大半天我困在一个客户的店里走不了，外面一直在下着小雨。这次旅行让我很抑闷，我感觉生命中浪费了一天，虽然在我挥霍掉的日子里，这一天并不算多，哪怕其实是两天。值得说明的是，我去时红果的新房子还很少，作为一个新县城远远没形成规模，不知现在怎么样了。

关于住宿的一次最好的回忆发生在德江，那里自称傩戏之乡，我一点也不了解傩戏，但第一眼看到这个名词，我就感到一种神秘和恐怖，想起许多电影里的狰狞的镜头。那个县城里弥漫着一种宁静，有许多无声的东西正在上演。我东张西望地走过一个老人面前时,他突然用标准的普通话问我,是不是要住宿。他正坐在墙根的一条长板凳上,脸上的表情十分平静,好像并不是想要做我的生意,而是跟我聊天。我说是的。他说,来我这里看看。然后就带我走进他身旁的一道楼梯间,我跟在他身后上去了。这是一幢四层楼的崭新的房子,他带我来到三楼,里面几乎是一个三星级酒店的套间,一个大客厅,摆着一台很大的平板电视机,一套漂亮的沙发,另外还有两个卧室。他自己也说:"我这里跟酒店差不多,就是没空调。"我则表示没关系。他说,这两间卧室随便你睡哪一间。我看了看,都是超大的弹簧床,也都很新,岂止是干净,对在县城住惯了小旅馆的我来说,简直是豪华。面对这么大一间客厅,这么好的两张床(我都想要),我顿时起了贪心。我说:还会安排一个人住隔壁吗?他说,你放心,很安全的,只是共用一个客厅。我面露难色,他看了马上改变主意,说,哈哈,天也不早了,我看今天也不会有什么人来住宿了。四楼还有房间,如果有人来,我就安排住四楼。就这样,我霸占了这个大客厅,两间卧室。至于价钱,还没上楼时他就说了，只要二十块。这个价钱跟别的旅馆差不多，但是这样的条件只收二十，实在是太值了，哪怕再贵十块钱我也愿意住。他告诉我，这就是他自家的房子，儿女们在外地，他和老伴住在二楼，他退休后就将家里弄成旅馆，不至于闲着没事做，也不图赚钱。我离开德江时，还想着以后一定还来住一晚，可是后来却再也没来过。

在一次漫长的旅途中，我坐在车窗旁注意到一条安静的河流，它是那么的优美。它一直跟着我们的汽车，仿佛凝固般地流着，我靠在右边的车窗，而它就一直在右边跟我。我望向它，心里想着，我的感情总是那么的假，连喜欢一个事物也往往显得像是做出一个决定……我这样一个人，不知道够不够资格喜欢这条无声无息的河流，可是我分明感觉到了喜欢上它的那一刻，而在那一刻之前，是属于我还没喜欢它的那段时光……那是我第一次去镇远，它陪着我一直流到镇远，它带着我来发现了这个我最喜欢的贵州的县城。车窗外开始出现镇远古城的第一座青砖瓦房时，我知道我到了一个十分特别的地方，我要么会很喜欢它，要么会很厌恶它。我静静地等待着那明确的感情的到来，而不再去敏锐地决定这种感情。当车子驶过一截很长的几乎没有一个行人的古老的巷子时，我知道我一直就想来这么个地方，只是不知道它在这里。是美丽的㵲阳河像一条令人伤感的狗一样，将我领到了这里，我真想抚摸㵲阳河。我住的旅馆，是一架钢筋水泥结构的吊脚楼，它将柱子探进㵲阳河在晚上显得漆黑的水面。我睡在河水上方。

我在离开贵州之前，又去了一趟镇远。仍然住在那家旅馆，不知为什么，晚上站在窗前看着脚下的河水，我不得不强忍住泪水，我想到，我已经没有一点儿让自己伤心的事了。这种感觉让我非常想痛哭一场，我点着烟，洗着澡，尽量不让烟头被水淋湿。临睡前，我接到那个捐衣服的姑娘的电话，我说："怎么啦，宝贝？"她就哭了。

可是那些事情，那样的时光已经过去了，每次动身的情景，那些像是永远无法离开一个地方的人曾引起过我的同情，车窗外时好时坏的风景移动着，比音乐更让我缄默，那些时候我就想，世界上可有谁比我更熟悉长途汽车、各种各样的公路以及小旅馆？有谁比我更多地被车窗外站着的人们想象过——他们一定想，车里载着的是些什么人。可是现在，我停顿下来，生活的改变是多么突然，而过程已经被日子所忽略，我们生活着只是在这样或那样的状态中：以前我东奔西跑，而现在我足不出户。那些使我彻底麻木的旅途啊！当居无定所的日子也毫无区别时，我是多么的厌恶每次启程。在贵阳，对着地图画出接下来几天的行程路线：贵阳——清镇——平坝——普定——镇宁——关岭；或者：贵阳——兴义——兴仁——安龙——贞丰——安顺——贵阳……我到底去那些地方干什么？汽车有时会停在一个荒凉的山坡下，或是一个池塘边，我对生活中的偶然涌起过无比复杂的感情，沉默和无边无际的风景也无法解释单调而强大的内心。而我只是一个泛滥的人。

2009 年，深圳

从现实到梦境
所要经过的路程

送 葬

当我们一行人在昏暗的夜色中抵达姑姑家的院子时，我第一次看到了电灯。我既疲惫又兴奋。我们一定去了很多人。他们站在那里说着冗长的话，那些似乎有点面熟的老人伸出手来摸我的头。

亮堂的灯光下人们流动的眼神。当他们转过身去对身边的人露出微笑的时候，他们的表情就开始缓慢地溶化在光线里了。多么隆重的庆典啊！我鼓起惊讶的双眼望着嗡嗡响的灯泡，心中充满了激动和喜悦。这个黄色的玻璃球就像夜幕中撕开的一个奇迹般的洞口，它疯狂地、颤抖地、欣喜地、友好地发出这些像希望和未来一样美好而温暖的光芒，它朝我诡秘地笑着。可是一瞬间它突然不见了踪影，它躲起来了。夜幕将这个顽皮的破坏者重新裹了回去。我惊慌地闭上眼,它又出现在我的眼皮里面。它变成红红的,闪烁着、微弱下去,它一下子出现在这里,一下子又出现在那里。它往黑暗深处缩小、隐退着,最后完全消失了。它死了。

耳边的嘈杂声立刻变得混乱,人们似乎害怕了。"停电了!"说这话的女人,声音有点沮丧,又透着抑制不住的兴奋。

"拿蜡烛……"我听到有人说这个词。

于是很快人们又见到彼此的脸。这些微弱的光是由一个年轻人手中(他小心翼翼地捧着)的白色小棒顶端跳动的火焰发出的。在我的家乡,我只见过煤油灯。接着,又有几个人拿着同样的白色的棍子就着火焰点着了。"放在这里!"我的叔叔——那时我觉得他是一位很有趣的人——沉着而肯定地指着房子中央的一张桌子说。我立刻注意到这桌子的上方便是那已经黯淡了的灯泡。我的心里又装满了憧憬:人们正在设法用白色棍子上的火焰点着那灯泡。叔叔一把夺过那小火把,用打火机烧着它的底端,接着便把它们一根根稳稳地摆在了桌子上!我十分敬佩地看着叔叔做完这些,同时不安地等待着。

我想:我们那时是不是去了很多人呢?我还记得我们坐在车上,晃来晃去。奶奶——那个身子只有一件衣服那么大的女人——坐在我身边,面色苍白。她用微弱的声音问我舒不舒服。我顿时紧张起来,不知所措地望着她。因为我不明白这个词是什么意思。爷爷似乎生气了,他粗声粗气地跟我解释:"想不想吐?"我摇了摇头。可是没多久,奶奶自己却吐了。那似乎是她这辈子最难受的时刻,她拒绝说任何话,无力地把细小的脑袋靠在椅背上,用了很长时间才喘出一口气来。爷爷更加生气了。我看到车窗外面,那些人在不可思议地向后退着,垂死挣扎般地做出徒劳的抵抗,转眼间就悄无声息地消失了;还有的人瞪着圆圆的双眼向我们飞快地冲过来,随后在某个静止的瞬间迅速地飞逝,像是被某种无形的东西整个儿吞了下去。我十分惊讶于这种转瞬的消逝,兴奋得脸都红了。可当我转过头向后面望去时,那些消失的人又一齐出现在窄窄的路上,像是爬行在玉米叶上的虫子。他们平静地走在那里,就好像并没有经历过什么灾难一样。他们朝我们走来,越走越远,终于只剩下难以辨认的黑点了。

三姑丈好像也去了。我记得在车上他的扁担碰到了另一个人的肩膀。于是他们争吵起来。三姑丈气得脸都涨成了猪肝色，可是他们并没有打起来。最后，他们似乎是自言自语的埋怨声也听不见了。可是在后来的整个送葬的过程中，三姑丈再也没有出现在我的记忆里。

我仿佛渐渐地明白了。他们并没有用那些小白棍把灯泡点燃的意思。只有我一个人还在傻傻地不安地等待着。而他们一定早就知道那些灯泡并不会再次奇迹般地亮起来。所以他们并没有对小白棍和灯泡抱有什么希望，他们只是匆匆忙忙地做着自己的事情——或者说是一件大家共同的事情。老人们就只会占着永远属于他们的那些角落，他们只会咳咳嗽，要不就反反复复地唠叨那些叫人感到好笑的话。他们用颤抖的右手端起茶杯，仿佛怕烫着嘴似的，半闭起眼睛，送上尖尖的嘴唇无力地碰一碰杯沿，那样子真叫人难受。我坐在奶奶的腿上，一遍又一遍地想着：我到了一个完全陌生的地方。这个想法每次都让我体会到一种微妙的感受：似乎一切东西都在轻轻地旋转。我所看到的每一个表情的变化，每一个动作都像是被时间缓缓地撒向天空的花瓣，而那些起伏着的声音则像是从一根长长的管子里传出来的，既遥远又真切。

关于那个既新鲜又无聊的他乡的夜晚，我还能回想起些什么呢？在我的记忆中，那个本来无比重要的晚上却显得如此短暂，这大概是因为我终于耐不住困倦和乏味而坐在奶奶腿上睡过去了吧。当我睁开蒙眬的睡眼时，门外的气氛已开始变得冷清。而在角落里围成一圈的老人们也只剩下寥寥的几个。有的还那样蜷着身子，使他们看上去仿佛已经死了很久了。他们之间的那种可笑的谈话也是有一句没一句的了。在这种几乎有点沉重的沉默的感染下，他们纷纷掏出手巾来擦着眼睛。然后奶奶便起身带着我去睡了。

我和奶奶、六奶奶被安排在同一间房睡。也像在我的家乡一样，睡房的角落里摆着一个潮湿的木桶，那是用来方便的。两位老人似乎还不是很累，她们坐在床上窃窃私语般地继续交谈着。我站在木桶前屙了一泡尿，然后也坐到了床上。大人们的谈话总使我感到很生气。她们围在一起喝茶的时候也是这样，彼此谈得非常地投入。她们会从猪圈里喂养的两条猪谈到赶集时遇到了谁家的儿媳妇,又从别人家的儿媳妇谈到自己那位在棺材里躺了不知多久的母亲。当她们就像着了魔似的投入到这样的谈话中的时候,你简直没有办法叫她们注意到你,你就是故意把爷爷的老花镜架在鼻子上,她们也不会注意到你。奶奶终于从床上站起来,可是嘴里却还在讲着。你从她说话时的样子,根本看不出她要站起来。她们就是这么投入。她迅速地褪下裤子,坐在木桶上屙尿(我那时就已经知道女人便是这样的了),可她的话还是没有停下来。当她一边絮絮不止一边系着裤带时,六奶奶便笑盈盈地说:"我也便个恭。"于是又传来那咝咝的声音。这时,奶奶像突然想起什么似的,对我说:"你还没便恭呢!过来吧!"我想她们大概是让我屙尿吧,于是我说:"我屙过了。"奶奶很不高兴地说:"你哪里屙过了?你想屙在别人家床上吗?"我又犹豫不决了。我猜测着:可能她是要我屙屎吧,确实如果把屎屙在人家的床上那多丢人啊。我终于肯定了我的猜测,在两人不断的催促下,我走到木桶前,褪下裤子,坐在了木桶上。她们便失声大笑起来!奶奶说:"傻瓜,那是我们才这样!你们男的站着就可以了嘛!"我顿时又恼怒又委屈，她们以为我不知道！她们是蹲着，我是站着的，这我早就知道了！我怎么会不知道呢？天哪，她们怎么会以为我连这个都不知道呢？可是我以为她们是要我屙屎的！奶奶只是说"便恭"，我一直就不明白这些只有大人们才会使用的好笑的词到底是指什么——像这样的莫名其妙的词还有很多——我也不想去弄明白，因为我觉得这根本就不重要，我长大后是绝对不会让这些我无比讨厌的词从自己口中说出来的。我又羞又恼，站在木桶前，几乎想哭出来。两个讨厌的女人看着我。过了很久，她们看到：我并没有屙出尿来。可是我就愿意这样站着，我的裤子脱到了膝盖上，我觉得我是在惩罚她们。奶奶说："怎么没有呢？""我屙过了。"我说。我想：她们一定害臊得想找个缝藏起来。

我们一共到底去了多少人，我再也无法回忆起来了。有的人好像并没有去，可是在后面的回忆中，他们又会突然钻出来。还有的人明明是一起去了的，我清楚地记得他们在车上震动着的脸，可那竟是唯一的印象，后来他们就再也没有出现在我的记忆中了，就好像是在半路上莫名其妙地失踪了一样。我们是在哪里下的车，那情景又是怎样的呢？我只记得我们一大行人越过一条不宽不窄的小溪的情景。那条小溪的突然出现几乎在我们中间产生了一阵小小的骚动。有人语气坚定地说："我们肯定走错了！"因为他记不得在什么地方还得跨过一条溪，在他印象里好像没有这么回事。但我那性格倔强的爷爷（我那时便开始怕他了）已经脱掉了鞋子，站在了溪水中央，鼓励大家说错不了，他可不是第一次蹚过这条破沟了，难道那只是做梦而已？不过以我幼稚的双眼所观察到的，看来爷爷自己也不怎么相信自己的话。大家犹豫着，爷爷便发火了，他咆哮着说，你们不相信我的话也就算了，难道你们竟然忍心看着一个五十多岁的老人在大冷天里（其实那时只不过是六月）打着赤脚站在这沟水里吗？他说这话的时候，我正趴在爸爸的背上，我看到岸上的人正一齐往来路望去，而且似乎马上要得出什么结论了。爷爷好像害怕这个结论，因为前面走过的路都是他带的。看到这个像雷公一样暴躁的老人发火了，年轻人都不敢再坚持什么。爷爷站在水里，每个人蹚过时，他非要拽人家一把不可，并带着严峻的表情说："缓！小心哪！"于是在我的记忆里，这条溪水就变得无比宽阔。

蹚过小溪之后,大家都忧心忡忡地走着。在这个过程中,又有一些人开始渐渐地在我的记忆里消失了。在天色明显地暗下来的时候,我们眼前出现一个池塘。爷爷说:"看到没有?这就是那个鱼塘,我以前来过的——我们快到了。"

"可是我不记得有什么鱼塘了。我以前来都没见过。"

"你当然不记得!沟也不记得,鱼塘也不记得了,什么都不记得了。难道是我在做梦吗?"

看来,我们真的快到了。爷爷好像非常肯定,他不再生气了,他连说这话的时候也没有生气。我想,是这鱼塘给了他信心和希望,不,那简直就是得以肯定和受到尊重本身了。他根本不理会别人是否会肯定他和尊重他,他自己认为是这样就行了。他非常满足地朝前走着,他认为是他在带领着大家。

这时从对面走来一个人,天已经暗得使我们看不清他的脸。就在几乎要与我们擦肩而过的时候,有人才发现原来是姑丈。

"真的是你们吗?"姑丈兴奋地说,"其实我早就觉得是你们了，只不过天太黑，我看不大清楚。可是你们怎么现在才到呢？我去镇上买了点明天要用的东西，我以为你们一定早就到了。对了，你们怎么会从这个方向过来？你们还要往前走吗？"

我们又朝来的方向走去。姑丈很快就把我们带到了院子里。看来爷爷确实见过那个鱼塘，因为它就在村子旁边。我们在一阵热烈的打趣的欢迎与答谢声中踏进了院子，我在不知所措中第一次看到了电灯。

我们一共在姑姑家待了几天。在白天我终于看清楚了在前一天晚上总喜欢摸我的头的那个老人，他长着一口闪闪发光的古怪的牙齿，这使我立即对他产生了兴趣——不过在晚上我并没有发现他这个特点。奶奶告诉我应该叫他爷爷。不但如此，就连奶奶、爷爷、叔叔总之我们一起去的人都叫他爷爷。我据此推测他应该是姑丈的爸爸，这一家的主人。事实的确如此。后来，有一天，我们围在一起喝茶。我想那时我一定和这位好玩的爷爷很熟了，他把我放在他的膝盖上，摸着我的头。他对我说，他以前见过我，不过我那时只有一个粽子那么小，连牙齿都没有一颗。还说我那时脾气可大呢，又是抓又是叫的，好像要把大家都吓得不敢出声一样。他一边给我讲这些，一边做一些怪异的动作，使我觉得自己对他喜欢得不得了。

不知从哪儿来的那么多的兔崽子。我也很快和他们玩熟了。我们翻过屋子后面的一道堤，便到了一个池塘岸上。我对他们说，我见过这个鱼塘，我们就是从这儿来的。他们好像不懂得这句话是什么意思。也许我在和他们一起玩的时候，很少彼此说什么，但玩得很投机。差不多隔了十年之后，那时我已经上初中，我才又一次来到这里，当年一起玩的小孩我只记得长平，他是姑丈的大哥的儿子。他也记得我，我们又玩了一次泥巴，并参观了屋后的那个鱼塘和堤岸。当长平（作为长子，他已经开始帮他爹出一些主意了）把我从池塘带到村后面的那片露出很多怪石的灌木林子时，我猛地回想起十年前那些日子所留给我的记忆中最美的一幕。虽然这些年我一直没有回想起这一幕，但它仍然是叫人最难忘的。那十年中我并没有忘记它，它只是躲在我脑海的某个角落里，静静地等我重新记起它，看到它，并如再次亲临般地感到美好。它一旦被我记起，我就再也不会失去对它的记忆了。

我记得，我们一起走在这个林子里。我只记得我、姑姑和奶奶。似乎又没有奶奶。姑姑是唯一一次出现在那段记忆里，之前和之后，关于她的记忆都没有了，她似乎是退场了。我还清楚地记得的便是：还有很多人。但是我记不起来他们是谁了。也许我根本就不知道还有哪些人出现在这里，和我们在一起，因为我那时只是个孩子，我也不知道我们要去干什么。我还不知道这很重要。不过，感谢那个孩子朦胧的记忆！感谢他的年幼懵懂！因为我不知道在一个大人的眼里，这一幕有什么美好，有什么重要的。要知道，我所讲述的这些几乎是我这一生中最初的记忆，之所以在我成了一个大人之后还会觉得它美好，是因为那是一个孩子的不掺带任何尘埃的真正的记忆。在我写下它的时候，我又变成了那个孩子。

让这个孩子继续回忆吧——

我们一起走在这个林子里。我、我的姑姑，或者还有奶奶。还有一群人。那时好像又是在春天！我觉得心情很好。也许我们早就应该像现在这样：一起到林子里来走一走。早就应该这样，我甚至可以不用坐在那位有趣的爷爷的膝盖上听他说那些很逗的话，我也愿意不再跟那些小兔崽子们一起玩泥巴，翻过一道堤去看鱼塘。我觉得很幸福。姑姑,我所热爱的姑姑,我很少能见上一面的陌生的姑姑就在我身旁。我们挨得紧紧的。她甚至还搂着我,双手不断地颤抖。我觉得她真美。

那一定是在春天里!姑姑教我采折那些花朵。白白的,细细的,很多很多。我似乎找到了另一个世界,那里完全不同于这个我尚未真正认识的世界。那里有一片阳光明媚的树林,很多花,还有我和姑姑,就我们俩。

那些花啊!我始终都忘不了。我是因为爱才采的,是因为姑姑才采的。我不知道采花用来干什么,我肯定以为不用来干什么,不,我不这么以为,我应该说始终没有想过它。我一定是因为幸福和爱,才情不自禁地摘下了这些生命。我把花捧在胸前,姑姑紧紧地牵着我的手,她也拿着一束花。我独自沉醉在这甜蜜之中,忘记了一切,轻快地随着姑姑向前走着。

关于这些回忆,真是糟糕透了。第一,我不知道那是一个什么事件;第二,我也不清楚这些夹杂在一起的回忆是属于一个事件还是分几次发生的。我真的记不得了,那时我真小,我真无法想象,像一个处在那种年龄的小孩，他可以分辨出什么，又可以判断什么。他不会考虑那些真正重要的问题。我想，我一定是把儿时几次去姑姑家的经历混在一起了。而这些经历各自都只剩下一些回忆的碎片，那些偶尔深深地触动我那幼小的灵魂的画面和感受。正是这样，使得我在努力进行回忆的时候，出现了这种奇怪的现象，人物扑朔迷离，时隐时现，突兀地出现，又突兀地消失。

在我长大后，知道那次远行的目的，也只是出于一次偶然的谈话。

女人们在一起喝茶的时候，话题扯到了婆媳关系上。大家纷纷感叹自己不好的命运。在座的女人，不管是做婆婆的，还是做儿媳的，或是既做婆婆又做儿媳的，都免不了数落她们那位刻薄的长辈或是泼辣的晚辈。这时姑姑说话了（这时我已无法把她与在我记忆中出现过一次的那位美丽的姑姑联系起来了）："她奶奶对我倒是很好的，要是她还活着，现在一定还是那样喜欢我。她那时逢人便说，她运气真好，娶了我这样一位懂事的儿媳妇！"于是大家都变得沉默了。

"真是一位好婆婆啊，对我那么好！可惜……"

这时候，我是正好坐在她们中间的。于是姑姑便笑着问我："我记得那次——她死的时候——你也去了。可能你已经记不得了吧？"

这句话使那些经常出现在我脑海中的记忆一齐涌现出来。我惊讶地叫出来："我记得！我的确记得！那次去了很多人，连六奶奶也去了。我和奶奶还有六奶奶睡一个房间。怎么，那次是她去世吗？"

"这么说，你还有些印象。是的，六奶奶也去了。可是，那时你还那么小，走路都要人背。"姑姑说。

我说："我还记得很多事情。在车上奶奶都吐车了。"

奶奶——那个身子只有一件衣服那么大的女人——便说话了："也许是吧。可我每次坐车都会吐的，我坐不了那家伙。可能是那一次，也可能不是，我带着你去过好几次的。我每次都吐得真想死过去，真是造孽！我说我就应该把女儿嫁在附近的随便哪个村子里，我真是享不了那个福！也可能是那一次，可我记不得了。让我算一算，她奶奶是哪一年……"

我说："我们还一起去了林子里，摘了很多花，我们把花放在了一个地方。你还记得吗，姑姑？我们一起摘的花，白色的花……"

"哦！我记不起了，"姑姑说，"不过如果你记得摘了花的话，那就是那一次了。否则摘花干什么呢？对，一定是了，你刚才不是说还把花放在哪里了吗——那肯定就是她的坟前了。"

是的，我们——我和姑姑，也许还有一大群人——我们轻快地向前走着。我的心里充满了幸福和甜蜜。似乎是在一棵树下，在那里我们停了下来。姑姑拖住了我的手。她说："来，把花放在这里吧。好好看一眼吧。"我真不情愿，不过我还是那样做了。我喜欢听姑姑的话。那里已经放了很多的花，都是采来的，白色的花。我们继续朝前走去。在我们身后，又有人把采来的花放在那里。我现在想起来了：有的人几乎是把花扔在了那个地方。

想不到这样一次美好的经历竟然是送葬！

这时，我想到一个问题，很想知道答案。

"那位——奶奶，她生前可曾见过我呢？"

"可能有吧。让我想想。哦，那时你还只有一个粽子那么小，她把你抱在怀里说：哟，多好看的鼻子啊。她对我们说，你长大后一定会做一个大官的。"姑姑说。

可是我却连她的坟是什么样子都记不起来了。我似乎并没有看到坟，虽然姑姑叫我好好地看一眼。我好像是把花放在了一个篮子里，一个温暖的篮子里，那里装着我那些孩子气的可笑的想法和愿望。只有那个篮子，才能把我和我的童年联系起来，不然，我真的要问：我跟那个孩子有什么关系呢？他的血又怎么会变成我的血？

如果我只是想讲述一个故事的话，那么我相信我已经完成这个任务了，虽然这个故事讲述得并不清晰。然而这并不是我的目的。我必须把关于那次（也许是那几次）远行的余下的印象写出来。不管这些印象使我产生什么样的复杂的心情，我都相信，那是多么好的回忆啊。我最后要讲述的回忆，都是关于那位有着闪闪发光的牙齿的有趣的爷爷和我父亲的。因为那是在我们快要离开的时候，对那时的回忆也只剩下这两位人物了。

我记得我们吃过午饭之后，一起用茶。像平常一样，那位和蔼可亲的爷爷又把我放在他的膝盖上。那气氛应该是很愉快的。我觉得自己成了这宽敞的房子里一切人的中心。我多么自豪啊！那些平时跟我一起玩耍的兔崽子，流着鼻涕靠在门框上，怯怯地、可怜兮兮地望着我。我真想以后永远都不要再理他们了。那些没有人理睬，没人疼爱的兔崽子，连坐在一起的他们的妈妈也笑容可掬地看着我、逗着我，对他们视若无睹。我手里玩弄着一个大大的包子，软绵绵的，那是我得以自豪的理由。

"你还不吃了它吗？"那位爷爷嘴里闪着金色的光芒。

"不。"我撒着娇，神气地说，"我要刚才才吃！"

我并不明白为什么所有人都笑了。但是我更加自豪了，我都感觉到自己快要飞起来了。

"蠢子！"爸爸亲切地笑着对我说，"应该是等会儿才吃。刚才才吃。嘻嘻嘻！"他又忍不住笑了。

我的沾沾自喜有增无减。因为我没有听懂爸爸的话。"蠢子"，使我想到一种十分有意思的胖胖的虫子在蠕动。而每次提到"刚才"这个词，我的脑子里便会浮现出一根根暗红色的拐杖。我在这种虚荣的喜悦中决定：当这些暗红色的拐杖飘满整个房间时，我就把那个包子给吃了。

在这一幕中，所有人都感染了我的喜悦，连那些躲在门框后面的兔崽子都不害臊地咧着嘴笑了。

我们马上就要离开那里了。那位有趣的爷爷送我们到村口。我趴在爸爸的背上，因为困倦而显得无精打采。难道我竟有点舍不得离开这个让我感到无比新鲜的地方了？

跟我们一起离开那里的似乎只有寥寥几人，而且都显得沉默。我只记得，那位爷爷一路上都在以主人的身份向爸爸语重心长地讲着什么，嘱咐着什么。他兴致勃勃地让爸爸看他那些蓝蓝的稻田和多产的土地，介绍着他管理这一切（这似乎是他生命中的一切）的方法。他拉着爸爸的手紧紧不放，最后他告诉爸爸以后应该怎么去做，以及去树立起什么样的目标。他不时摸摸我的头，似乎在跟爸爸提到未来时，总无形中就把我联系在了一起。他们两个慢慢地走着，谈着，其他的人不时地停下来等他们跟上。这位刚刚丧妻的老人在那一刻，让我感受到了一个完全陌生的世界，一个在此之前我不曾认真思索过的大人们的世界，也是我仍然无法理解的世界。

我看到爸爸渐渐地也沉默了，不过在他脸上我发现一种从未有过的像梦幻一般的自信。我想，他那时一定第一次感到自己还如此年轻，前途还可以变得多么光明。他那简单的脑子里一定设想着：几十年后的他正站在他自己那片富足的土地上，向后人展示着他的成功和伟大。

2004年，贵阳

稻田和屋顶

那年我还在读大学，暑假我回到家里。每个人都在说：热！可是又都不希望下雨，因为刚从地里收回来的稻谷必须得晒干才能放到谷仓里去，要不然肯定会生芽。

白天干了多少活，我也记不清了。反正忙个没完，我们一家人都在地里干到天黑，那架势好像连命都不要了。当然，村子里每个人都在自己的地里折腾着。打谷机在田野里嗡嗡地响，连成一片。每一家的打谷机发出的响声又略有不同。没有一个人是高兴的，尽管他们把黄灿灿的谷粒一担接一担地往家里挑。是啊，那种劳作是异常艰辛的，它剥夺了一切乐趣。

我只是一个书生啊，只是一个书生。我割稻子的时候还戴着眼镜呢。我妹妹也戴着一副眼镜，在泥泞的田里艰难地移步。她每看到一只田螺都要发出一声惊叫。晚饭我们把捡来的田螺炒了吃，平均每人分到四五只。

我气愤地对她说："麻烦你把眼镜摘掉吧！"因为那些挑着稻谷从我们的田埂上经过的人，不管多么劳累，都要露出一种揶揄的笑容。

妹妹毫不示弱："你不也戴着的吗？"

怎么说呢？叫我怎么回答她。我的眼睛简直快要瞎了，不戴上眼镜，我怕一镰刀下去，手里抓着的会是来自另一只手上的四根血淋淋的指头。爸爸磨镰刀可真是行家，他把刀口磨得那么锋利，好像他觉得那稻子是铁做的一样。

我说："我是男的！你看看别人怎么看你的吧！"

她的表情就变得十分高傲了，也不再说话。可能她觉得跟我这种人没有必要产生语言吧。我知道，她死也不会摘下眼镜的。这叫我很绝望，我一整天弯着腰干活，我感到自己快要累死了，可是我甚至没有办法叫自己的妹妹摘掉眼镜。就这么小的事，我却办不到。我真想冲上去打她，把她的头按到泥水里去。可是这肯定是不行的。她有时候就像刘胡兰，谁要是想让她屈服，那最终感到耻辱的只能是他自己。

那时，我像发疯一样地怨恨我的妹妹。我恨不能一刀砍下自己的手指，然后快意地在田野里嚎叫。我知道，这样妹妹就会哭起来，她一辈子都会后悔，因为她毕竟是爱我的。对啊，那样，她就会幡然醒悟，她会看到这阳光是多么恶心，因为在这阳光下，她终于发现自己十几年来一直坚持的性格竟是一种毫无意义、害人不浅的毒素。她会发现清高原来是要让爱的人付出沉重的代价的。而在她的余生里，她将会始终认定，来自泥土世界的孩子就应该有着泥土的品质：低贱、柔软，永远不要把毫无分量的头颅高高昂起。我断下的手指将会为她换来几十年生不如死的修女般的生活，一场在死时才会结束的重复着的噩梦……

但是，我却被自己的悲哀深深地埋葬着。我苟且地劳动，让稻子在我的手里倒下，同时一切都被我毫无来由地仇恨，这种仇恨使我显得没有骨气。我也没有必要去发泄这些仇恨，去完成什么壮举。

我也痛恨我的爸妈，倒不是因为他们使我生活在穷困中，对于穷困我并不在意。啊，如果在这无穷无尽的劳累中，他们——就像一切楷模一样——带头欢笑，那该有多好！他们要是能带领我和妹妹一齐向那些瞧不起我们的家伙发起一场总攻，把他们从我们的田埂上拖下来，痛打一顿，我的心中该会充满着怎样的爱意与豪情！

但是，别指望这个。他们自己倒是相互攻击起来。他们在为了一些什么而争吵？我永远都不想知道这个。他们那些世界上最能令人痛不欲生的尖锐的话语如果用在敌人身上倒刚好适合。

我们经历了多少天的劳作？一天接一天。在黑夜里，我只能悲观地看到明天：当晨曦微露，爸爸就会像一个地主似的叫我们起床，当然他不敢大声嚷嚷，只会说一些莫名其妙的表示愤慨的话。他甚至会说："为什么每天都是我最先起来？"那么还有什么希望？镰刀已经磨得锋利，我和妹妹又戴上了还沾着泥迹的眼镜。

我只能说：妈妈是十分勇敢的。（她教给我许多做人的道理。）她走在田埂上毫无畏惧，因为她把希望都给了儿女们。她真勇敢啊，在同爸爸的激烈的争吵与相互辱骂中（爸爸常常处下风），我真担心这个最终变得一声不响的，甚至变得有点陌生的男人，会忍受不了自己尊严扫地，而把她给杀了。连我都替她捏一把汗。可是她却像在生活中争取什么宝贵的东西一样，表现得毫不怯让。她的一切无法反驳的指责肯定会令我的父亲蒙侮终生……

我一直不知道我的父亲是一个怎样的角色。首先，他一定是自己活成了这个样子。也许母亲的教训在客观上反而给了他一定程度上的拯救，但他也一定承受着无尽的自我否定，如果他不是一个特别麻木的人的话，那么他也早就应该通过各种手段摆脱掉这一悲哀的处境了啊。

我冷静地打量着这个家庭。但是，无论我的思想多么成熟，我终究无法摆脱这一群仅仅和我有着血缘关系的陌生人的影响，无法把自己放到一个有利的、局外人的位置。这也许是因为太多个白昼，我们曾在同一片狭隘的泥地里挥舞着镰刀，这使我好像找到了自己的归宿，或是说那归宿宛如一个紧箍圈一样牢牢地套在了我的头上。

为什么我有时会哭泣？这眼泪难道真的毫无意

义吗？记得有一次，我和妈妈一起到外婆家去，刚好舅舅也在。我们家不知什么时候起同舅舅一家存在了矛盾，而在以前是没有的。在我儿时，我曾感到舅舅是我的另一位爸爸。当然，这种感觉在今天看来是十分荒谬的。我记得那是一个大冷天，外婆和舅舅坐在火炉旁烤着火，外婆一副快要病死的样子，她身上裹了好几层棉衣，却似乎仍冷得瑟瑟发抖，恨不得用一双皮包骨的手去抓住那炉子里正燃烧着的炭。但她看到我们来了，却可笑地显得高兴，因为儿子和女儿都来看她了，在一个大冷天里。她也许是老糊涂了，竟忘了舅舅和我妈已有好几年不说话，还兴冲冲地对我妈说："你哥也在！"那当然是有点尴尬的，但我说过，妈妈是无比勇敢的。她一进屋，看到舅舅也在，而且只有外婆和舅舅两个人，她并不避让，也许她认为该从那屋子里赶紧退出去的不是她。她拉着我坐了下来，并当作舅舅不存在的样子问了一些关心外婆身体的话。

后来，舅舅就像一个忏悔的人那样，对我妈讲述起他俩之间的种种误会。我忘了他说了些什么，我说他像一个忏悔者，是因为他的脸上爬满了泪水。我头一次见到一个四十多岁的男人眼泪流成那样。但是妈妈,并不原谅他。"现在哭是没有用的。"她冷冷地说。

外婆不知所措地望着这一对儿女,也许她并不知道怎么回事,她天真地唠叨起他俩小时候的事情:"那时,他总是让着你的啊!有什么东西也总是让你先吃……他是你哥哥……"

总之,那是多么伤感。虽然我脑子里想着:"这一切跟我没什么关系。"但我的泪水却抑制不住地涌了出来。我不好意思让他们看到,于是紧紧地勾着脑袋,我看到炉火把我的脸颊映得通红,而每次当一滴泪水从我下巴滑落到炭火上的时候,就会发出"呲"的一声。有时,恰好他们都沉默着,于是这"呲"的声音就会显得特别刺耳。

我不想扯得太远,还是接着讲那个夏天吧。地狱般的白昼总有暂时熄灭的时候。入夜,我和一两个伙伴到井边洗澡。我们用桶从井里舀出冰凉的井水,然后淋在自己身上。农村里的人洗澡从不用香皂,我们就这样一桶接一桶地往自己身上浇着凉水。有时,我又感觉到身体里的这颗心终究是火热的。

晚上也几乎没有什么乐趣可言,电视节目根本就不合我的胃口。我把自己关在一个屋子里，就着一盏五瓦的黄色灯泡默读着莱蒙托夫的诗句。在那些夜里，我简直觉得自己必定得承受一些什么。我根本就没有资格去怨恨别人。

可是，闷热啊！晚上仍然是热的，汗水从我已经洗得干干净净的身上钻出来。

谁都不愿睡在屋里，那无疑是一种煎熬，热浪从墙壁里接连不断地涌出来。而那偶尔刮过的风就像一群瞎子一样，永远不会通过那小小的窗口吹进屋子里来。我们一家人就像受了诱惑似的，抱着席子、枕头和被单登上了水泥屋顶。屋顶也是热的，被白天的太阳晒得滚烫，但是几瓢井水泼下去之后，便有些清凉了。再在上面垫上竹席，就可以躺下来了。这一切都是由我来做，因为每晚都是我最先想睡。他们都忍受着闷热坐在家里看电视，看完了电视，他们也会上来。但那时我已经睡着了。

夏夜的风吹在皮肤上是最舒服的，但这也只有在屋顶上才能感受到。我独自躺在屋顶的中央，望着夜空，因为天气晴朗，所以每晚都能看到星星和月亮。高耸的树梢像是离天空很近，简直就要融入进去了。由于我是躺着的，远处的灯火依稀的村庄就像是浮动在我的脑门上方。我那时确实有点书生气，身处这样美妙的夜景中，少不了大受感动。我想，如果身边有个人的话，我肯定会把藏在内心最深处的美好的东西向他倾诉，我将会忘了人世间种种难以预测的危险……

有一天晚上，停电了。结果，除了妈妈，一家人都早早地躺在了屋顶上。妈妈呢，肯定还在屋子里就着煤油灯准备第二天的猪食。

那是我从来没有想象过的情景：爸爸、妹妹和我一块儿睁着眼睛躺在一起，还看着星星。我心里难受得要命，我们什么话都没说。我真想把他们赶下去，因为我真是不能平静地接受他们躺在我身边。也许，在那样的环境下，我还哭了，但是我记不大清了，因为一切就像是朦胧的梦一样——也许我早就睡着了。

带着四周的大山的沉默和诡秘，带着满天的星光和摇晃的树影，我进入了梦乡。也许是这样的。

也许他们也睡着了……

我多想伸展身肢啊！日复一日的劳累，数不清的苦恼，还有与生俱来的绝望，这些东西压着我。我在睡梦中多想抖一抖身子哪。

但是,还是有什么压住了我。这使我觉得不顺利,这感觉令我非常地厌恶,可能正是这样,我开始有些觉醒了。

有什么东西箍住了我——这难道是梦中的一个念头?啊,星星,我好像又看到星星了,离我如此的近,似乎趁我睡着的时候,它们全都好奇地俯下身来窥探着我。

接着一种无比恐惧的感觉笼罩了我。我难过得几乎想要呕吐。什么东西忽远忽近。我感到脖子正在熔化……然后是脸、鼻子……伴随着某个人紧促的呼吸和带着哭腔的梦话……我的头顶正在被温柔地挖开一个洞来……

一定是发生了什么不寻常的事。可能那时我已经醒了。一股热气喷在我脸上,我还是动弹不得。我怕。也许更是恶心。柔软的物从我脸上滑过,并啜饮我。我那时醒了吗?不知过了多久,我终于跳了起来。这一下,我发现自己站在屋顶,我的脚下躺着父亲,睡眠中的他好像在回味着什么,他的双手带着某种期待向前伸着。

一股恶心的电流彻底击穿了我。我激昂起来，心中充满了蔑视……屋顶上只有我和父亲，妹妹可能下去睡了，我不知道现在几点，远处村庄还有寥寥的几盏灯亮着。风一吹过，树林便发出一阵呜咽声。我独坐在屋顶的一个角落里，久久地想象着这件事。

也许这并不是事实，而只是我梦中的幻觉，但我相信它已经发生了。也许父亲只是梦到了小时候的我（他的宝贝，他的心肝），也许是他在梦中把我当成了妈妈（他的爱人，他的冤孽），啊……难道说，那样一种激烈的爱，真的还顽固地残留在他们两个人的身上吗？但是无论如何，我已经决定不再原谅他了。

我像一块冰冷的石头，坐在那个洒满星光的屋顶，我无意为父亲开脱而恳求我自己。他在睡梦中焦虑地翻了几次身，一定是梦到了无比惊恐的事情。但是，连这也打动不了我。我想，他的命运就是这样，为了某个无意中犯下的错误而承受着终生的惩罚。

2005 年，杭州

H的成长道路

H从小寄居在舅舅的家里，因为他的父母在一次争吵中双双自杀身亡了。难得的是舅舅视他如亲生，供他读书。他长到十五岁的时候，已经明显地感觉到内心里有一股黑暗的力量在奔腾着。在晚上，当他打开课本辅导小他三岁的表弟做功课时，他常常会急躁地将巴掌用力地朝表弟的头打过去。有一次，他正在向表弟施暴的时候，刚好被舅舅看到了。那位耿直的男人看着自己的儿子被打时惊恐的样子，气愤地说："这家里不应该有弱者！"H羞愧难当，因为他明白，当他不可一世地欺侮那个软弱的表弟时，他正是一名十足的弱者。

时间过得很快，转眼间H大学毕业。这时的舅舅本来就年事已高，再加上他自己的儿子太不争气，中学没念完就成了这社会上的流民，整天无所事事，这使得他更加衰老。H开始对这个沉闷的家庭感到厌恶，特别是表弟那毫无斗志的样子令他十分生气。他希望快点脱离这里。正好公司安排他到外省出差，他欣然接受了这个任务。出差的这段日子令他变得懒散，因为在外省他几乎无事可做，公司明知道这一点，却出于某种原因宁愿出钱供他在外面吃喝玩乐。一年之后，他被允许回到本省工作。他觉得一事无成，心中不免郁闷难平。回到舅舅家里，他发现变化最大的要数表弟了。表弟现在已经加入了黑帮，整天在外面打打杀杀。他不再是以前那个犹豫不决、缺乏勇气的小瘪三。他戴着墨镜，留着齐肩的长发，目光沉着冷静，开始透露出几分成熟。但这无疑令舅舅伤透了脑筋，他在饭桌上对着自己的儿子大骂不已。"你看看你表哥，年纪轻轻就帮公司出差去谈判了，那才是光明正大！"舅舅指着H教训儿子。而表弟对此毫无反应，他不紧不慢地用一副优雅的姿势喝着鸡汤。

"赶紧回头吧！"舅舅声嘶力竭地喊道。但连这样也吓不到我们的打手。他正在用纸巾很有教养地抹着嘴巴。"我吃完了。爸，表哥，你们慢吃。"他说。

H笑了笑，说："让他去吧，锻炼一下对他有好处。"

但是，想不到就在H发表这句话的第二天，表弟就被另一帮打手砍死在街头。舅舅伤心欲绝，差点疯掉。

看着表弟的尸体，那洞开的嘴巴，H的眼泪掉了下来。他感到可怕。为了驱跑愧疚和恐惧，他心里反复地绕着一个思想：表弟比我勇敢多了。

"孽种！冤家！祸根！"舅舅二十年来第一次对着H破口大骂。H明白自己离开这个家的时候到了。他想留点什么给养育了自己的舅舅，但他一无所有。

2005年，六盘水

途 中

从独山返回都匀的车上,我坐在一个男孩子的旁边。他请我吃葡萄。他那黑色胶袋里的葡萄也显得黑不溜秋,有的还像得了皮肤病一样,结着大片的痂。我拿起一颗咬了一下,苦的。他告诉我:"这可是两块钱一斤买来的呢。"我叫他吃我的荔枝,他先是谢绝了。过了一会儿,"哥哥"——他用手指着我手中的胶袋,目光征询着我。我点了点头。

他说他到福泉去看他哥。我问他哥是做什么的。"混的!"他说。"哥哥,"他拿出一盒烟来,请我抽。想到这边有很多吸毒的,我害怕这是一个圈套,就跟他说我不抽烟。他自己抽了起来。

"怎么你也抽烟吗?"

"我已经念初二了呢!"确实,他诡秘的笑容已经有点像个小老头了。我不需为此惊讶,我自己不正是在那样的年龄里染上烟瘾的吗?

他再度请我吃葡萄,被我生硬地拒绝了。

沉默了一会,想不到首先感到尴尬的竟然是我。小孩显得十分随意,他把车窗打开,探出小半截脑袋。我想我应该提醒他小心,免得被迎面疾驶过来的大货车削去了脑瓜。但我感觉到开不了口。他又张嘴说起来,绝大多数话我都听不懂,我猜想他还不习惯讲普通话。无论他说什么,也不管听不听得懂,我都点头称是。他又把手指向我胶袋里的荔枝,我干脆全都给了他。我想,要是我和他单独处在荒山野岭,我肯定会揍到他哭。

车子不知何故停在了高速公路旁。公路两侧是青山和绿油油的稻田。小孩急躁地起身,那情形似乎他是全车人的领头人。他走下车去,我趁机把剩下的荔枝全吃完了。车坏了。但我一点都不着急,我想,在这儿停到天黑才好呢。人们都十分平静,没有人抱怨,多好啊。公路的左侧是一大片稻田,稻田过去是一座小村庄,村庄坐落在一座山脚下。

已经是傍晚，天空中发出明亮而柔和的光。我透过车窗看到田埂上有一个姑娘在跑，一条肥胖的狗从她身后追来，并灵巧地超越了她，跑在了前头。它不时回头，尾巴摇得很欢。我想起了我那已经陌生的家乡，那个可怜的村子，记忆中的一切跟眼前的一样。我把目光从远方移到近处，一名四十岁左右的村妇戴着草帽正从路基的斜坡爬上高速公路，向我们靠近。她手臂上挽着一大篮桃子，上面放着一些黑色的胶袋还有一杆秤。"瞧人家，多会做生意！"我身后有两个男人（看样子，他们的事业应该小有成就吧）由衷地感慨。女人终于到达了目的地，她翻过路边的矮护栏，自信的目光望向车内。

"谁要？"她如此轻松地问道。这竟然在我心中产生了不小的震动，她的语言是多么简洁，因为她是坚硬且高贵的。

虽然很欣赏她，但我并没有买她的桃子。因为我一点也不想吃桃子。

小孩像猴一样，蹿上车，捡起他简单的行李——一个书包和那一胶袋所剩无几的葡萄，又急匆匆地跑下车去了。原来从后面来了一辆到贵阳去的车,他可以搭这趟车去福泉。他把一大瓶矿泉水忘在了车上,我用它来洗我那沾满了荔枝汁的手。还有一本英语作业簿,上面一个字都没写,所以我无法知道他的名字。

2005年,都匀

红林乐队

这样的天气真是恐怖啊，大片的雪花盈盈落下，在寒夜的冷空气中闪烁着磷火一般的微光，呼啸的北风就像是狗在叫，而地上已经结了厚厚的冰。

"哎哟！哎哟——哎哟！"人们摸黑走在道路上都发出这种呻吟。

"冬天到，雪花飘——"红林在田野里撒尿时唱出了这样的歌。

红林其实是我的外公。他把歌儿唱给亡灵们听，同时自己也听到了。他感觉到自己心地善良，在一片冰天雪地里，他的心儿多么炙热。他背着乐器，赴往可怜的人们的呼唤。

黑夜也不可怕，红林迈着稳健的步子。遥远的村庄透出幽暗的灯光,远远望去,静悄悄的,雪花在那灯光下固执地舞着。整个村子都沉浸在哀伤中,可欢乐即将到来。因为红林已经勇敢地上路了,他找不到不勇敢的理由,就像他找不到不幸福的理由一样。

谁也没必要为死人的事发愁,天空还是那种淡黄色,土地照样长满石头。荒凉的大地又住进了一位尊贵的客人。他死前流着浑浊的鼻涕,老糊涂地在饭桌上放着响屁,可是在这里,他的屋顶是雪白的,到了来年开春,四周便芳草茵茵。他受到自己的尊重,蛆虫会令他改变审美。在冬天里冻死是件好事,人们在雪中为他送葬,红林乐队更擅长吹奏寒冷的哀曲。风吹得送葬队伍的眼睛都疼了,以至于所有的人都放声痛哭。同时,掘开冰冻的大地显然更像是一桩严肃的事业——而不是随随便便挖个坑。爆竹把冻僵的空气炸开了花,发出比平时更悲怆的响声,连光秃秃的群山也忍不住颤抖。雪天里死去真是不赖。

红林赶赴遥远的村庄!冰雪被他的毛皮鞋踩得嘎嘎作响。在黑夜里独自赶路,他只是有点无聊罢了。现在唱歌显然还不是时候,他只能偶尔哼上几句。他生命的盛宴就是那无数个守灵夜里,就着大碗的烧酒，奏出咿咿呀呀的交响乐。当然，交响乐是不能一个人演奏的，所以他有了红林乐队。组成这个乐队的都是顶尖的乐手，他们在漫长的岁月里，练就了这为死人演出的难得手艺。老人们想到自己死后，有红林乐队为他们演奏，再也不觉得遗憾了。

村庄越来越近，红林才知道那里并不是一片死寂。即使在夜晚，孩子们照样奔跑在能被灯光照到的田野上。

"哎哟哟——"他们的呻吟有些稚嫩。阵阵欢笑不时回荡在半空中。有的影子钻进了黑暗中，在那最后的光亮里，他们的身影显得多么矮小，和多么狡猾。不久，他们又出现在另一片灯光里，在大人们的呵斥下，灰溜溜地钻进门里去了，只剩下漆黑的影子在门外拖着地板。

"今天是什么日子哟，小祖宗！"

"什么日子？"

"想让鬼把你抓去吗？"

砰的一声，大门紧紧关上了。那影子彻底地与黑夜溶为一体，分辨不出来了。他的灵魂被关在了门外。

红林心满意足地穿过这片房屋。当他经过一面墙时，那墙似乎向他靠近过来。从窗户上漏出的光线，向身处黑暗中的他泄露了那墙里掩藏着的秘密。他微笑着望了进去，小男孩站在木盆里洗澡，热气笼罩，就像一幅画一样。这一幕在他眼前一闪而过，因为他已经走得飞快了。

他隐隐听到了喧闹声，那样的场合往往是热闹非凡的……他又穿行在一条黑咕隆咚的小巷里，两旁那古旧的土砖屋，大门紧闭，在这里嘈杂声似乎又被隔断了。一个小小的身影贴着墙慢慢地移动脚步，红林那双在夜里能发出光的眼睛看到那小孩子吓得直哆嗦。待红林从他面前走过之后，他赶紧一溜烟地跑了。"妈妈——"一见到自己家的墙角，他就喊了起来。

红林红光满面地出现在那热闹的中心地带。他的胡子沾满了水珠，也许是鼻涕。他那因长期吹唢呐而微微鼓起的嘴巴带着发自内心的微笑。他的伙计们都已经围坐在了一张桌子旁，烤着炭火。那是在一片空地上，亮堂的灯光使置身其中的人们可以看清楚地面和天空是怎样连接在一起的，而雪片的飘落则显得更加缓慢而优美。大片的人围着几十张摆满了菜碗的方桌坐着，他们吃呀喝呀，嗡嗡地说话。

有时，死人似乎被吵醒了，于是一种紧张而肃穆的气氛从几十米外的大厅中央摆放着的棺材里飘出，围绕在这片不同寻常的光亮中。断断续续的哭声传来，雪片乜着眼，落得更快了。而有时，这里又纯粹是欢快的，人们似乎马上便进入到一个节日里。

红林是一个乐观的老人，他给乐队的伙计们讲了几个老掉牙的笑话，他每一次都讲得那么传神。随后，他们又谈了一点死者生前的趣事。灵魂是不能老被压抑着的，所以当悲哀的空气即将完全包裹住大地时，红林乐队的交响曲奏响了。

于是，人们感受到了这种哀伤的喜悦。这是死人送给这个世界的最后一份厚礼，在红林乐队那杰出的演奏中，他们——这些晚死的人——暂时摆脱了日复一日的困苦与乏味，深深地品尝起某种他们所能盼到的最高雅的感动来。在这片裹着素装的田野里，他们粗糙的心灵默默地忧伤着，愉悦着。这相亲相爱的人群，温暖的情景和深沉的乐曲使他们不再担忧往后的岁月，因为结局是值得期盼的。啊，丰盛的晚餐，奢侈的排场，耀眼的灯光，远近闻名的乐队的演出，气派的棺木，数百人的送别——再多的东西，我们已经不敢奢望了。

当人们渐渐习惯之后,红林乐队似乎不存在了,剩下的只是那团和空气融合在一起的音乐声。他们在哀曲中恢复了活力,那感动被他们压在了心底。有的人甚至开始变得清醒,于是抓紧大好时光行乐。特别是那些老人们,好像这是一个只属于他们的节日,于是比平日里活跃了许多。唢呐、二胡、铜锣和梆子的声音始终弥漫,红林乐队艰辛的工作一直在继续着,使得这群热闹的人们自然开始产生了这样一种错觉:他们生活在一个充满音乐的环境里,这音乐对他们来说就像呼吸着的空气。

宴席结束了。一些无关紧要的人开始离去,孩子们把点心零食塞满口袋,守灵的人则留了下来。有的人一开始并不准备守夜,可在这样的气氛中却突然舍不得离开。

"你老人家还是回去吧,半夜里冷啊!"死者家属在劝一些老人回去。

"啊啊,没——事——"老人声音嘶哑地哆嗦着。

"回去吧,还是。"

红林指挥着乐队合奏出一个小小的高潮,留在那里的人全都唏嘘不已。风刮得更猛了，雪一直在下。红林的唢呐吹得走了调。

"师傅，歇一歇吧。"一名中年"孝子"往他杯里添满了酒。

红林又吹出一个旋律，终于放下了唢呐。几个伙计全都停下来，只有二胡还在发出声音。

"这种天气，够难为你们的。"

"是啊，太冷了。我们得搬到屋子里去。"红林搓着双手。

"好的。在厅里，我们再多生两个炉子。"那人赶快去办了。

红林一边喝着酒，一边敞开嗓子唱了几句，引来几声狗叫。

"红林！辛苦吧。"一个老人朝乐队走来。

"啊哟，老哥，你还不回去吗？"红林担心地问道。

"我想留下，多送一程，多，多……"

"不行哪，这么冷的天，你身子要紧。"

"我还行呢。"他眼里闪烁起了泪花。不一会儿，他就站不稳了。

人们把他抬到屋子里，可他还是不停地打着颤。

红林跑过去，握着他的手："老哥，何苦呢？像你这样的年纪，不应该出来的呀！"

老人吃力地笑了笑："凑个热闹呗。冷清……冷清呀！"他哆嗦得说不出话来。

有人建议把他放到床上，盖了两床厚厚的棉被。忙完后，年轻人聚在一起议论着："真是麻烦。老人啊！"他们又继续打牌赌钱。

空气快凝固了，连狗都不怎么叫了。瞌睡开始困扰着人们。

红林乐队已经围着两个大火炉坐在了大厅里，他们的身后就是那具威猛的棺材。红林又开始吹奏，瞌睡的人缓缓抬起了头，抹着眼睛和嘴角。

一个疯疯癫癫的老头跑进来，他精神矍铄，在红林耳边油腔滑调地讲着死者生前的大堆荒唐事。红林认出他就是死者的堂弟，年轻时当了另一个镇上的一户人家的上门女婿。他绘声绘色地描述着刚刚死去的堂兄各个年龄里所做的一切蠢事。看到红林只顾吹唢呐，而不理睬他，便从屋角抓起一把爆竹笑嘻嘻地走了出去。

他歪歪斜斜地唱了一句戏："到头来都是两眼一

闭,牙齿朝天,啊呀呀!——"然后就像一名三岁小孩一样,嘴里大喊一声:"嘭!"

紧接着他扔出去的爆竹也炸出了"嘭"的一声。他开心地笑了。

后来这"嘭"的声音就响在了某个远处,他走了。

人越来越少。几乎没什么人能坚持到最后,离天亮还早着呢。红林也禁不住打起了瞌睡,交响乐早已变成了二胡独奏,几个乐手轮流拉着凄凉的曲子。红林说:"不行,我得眯一会儿。今天打了一天牌,没休息过。"

伙计们说:那你就眯吧,等下我叫你。

可是马上从里屋传来一阵喧哗。"我早说过嘛!你看,你看,现在怎么办?"几个声音同时在嚷:真是会选时候!有人甚至在骂娘。

"出什么事了?"红林侧起了耳朵。"不好,老哥他——"

他跑了进去。那躺在床上的老人明显已经不行了,两眼不停地翻白。"老哥!"

"红林师傅,你看,我早叫他回去的。"一名"孝子"披着白帽对红林说,"现在搞得偏要死在别人家里才舒心。"

红林说："赶快送走吧。"他无奈地摇了摇头，"不要骂他娘，他娘比你奶奶还大呢。"

"真是前世跟他有仇！"那人眼里放出怒火。他控制不住自己，一个劲地想要冲上去："我骂不得你，我打你总可以吧。"那样子就像恨不得狠狠地咬那老人两口。

红林心平气和地说："他都快死了，你打他也没有用啊。"

那白帽于是深深地叹了一口气。他蹲在地上大声说道："快快，把他抬起来，丢到外面去。"老人的嘴嚅动着，像是想阻止人们这样对他，但他现在只能从嘴里翻出一些白泡来。他的眼睛努力地睁着，直直地瞪着眼前晃来晃去的这堆人。人们不知道：到这时他还想怎么样。

红林退出那屋子，在大厅里坐了下来。他把炭火拨得旺旺的，忍不住发出了一声呻吟。于是交响曲又响亮地奏了起来。

2005 年，凯里

二〇二四

2024年5月16日 星期四 阴天

醒来的时候,好像并没有一下子进入现实,虽然已经完全清醒。我看了看窗外,天气中有一种叫我兴奋的东西,又或者是在空气中。这几天以来,我不断地体会到这一点,每次醒来,只要望一眼窗外,我就开始高兴了,但我不知道,或者说我一下子就忘了使得我高兴的原因。后来我才发现,它就在天气中,虽然我还是不知道它是什么。

不过这种兴奋的情绪,总是转瞬即逝,它只出现在醒来时的那一片刻。

我用力地打了个呵欠,眼睛里有一些隔夜的东西被挤了出来，并且很快就干了。我的头又开始昏昏沉沉的。我瞥了一眼墙上的挂钟，上面显示的时间（下午三点一刻）立马让我困倦了两倍。

我已经记不起来，上一个有所区别的日子是什么时候了。

2024年8月5日 星期一 阴天

又是平静的一天，我整天没有走出房间，夜色在窗外下沉。闷热的空气挤在我身上，驱赶着我迫不及待地走进卫生间，脱光了衣服蹲在水龙头下，让冷水顺着我的头顶流了下来。过了一会儿，我起身从墙上摘下一块干毛巾。我将脸埋进毛巾里，这个动作让我产生了一种怪异的感觉，好像这块毛巾是由一个站在我身边的人递给我的，为了叫我擦干脸上的泪。于是我就用它蒙住脸哭了起来……

看来，我还是让妈妈活着吧。这些日记，太寡淡了。有她在，一天中要经历的事情总会多一些的。

2024年11月15日 星期五 阴天

我从没有梦的睡眠中醒来，看看窗外……阴。

时间同昨天一样，分秒不差：下午三点一刻。伴随着陈旧的倦意，我平静地打了个呵欠，差一点又睡死过去。从今天开始，我得养成晚上睡觉的习惯才行，我心说，那就试试吧。

洗脸时，水是冷的。煤气罐空了，总算给我点惊喜。且慢，这算什么新发现哪，很久以前——早就空了。早餐吃什么？——面包吧。不对，应该是晚餐。也不对。不知道是什么餐，现在是下午三点半。一切宛若昨天。

妈妈（假设她老人家那时还活着）买菜回来了。

"你起床了？"她说。

"起了，妈妈。"

"吃过了吗？"

"吃了点面包。"

"今天有什么打算，你？"

"不知道。"

"别惹事。"

"不会的，妈妈。妈妈，我出去一会儿。"

我跑到大街上，四处望了望。很多人在望着我，我也来回扭着头，看了看我自己……我又哪儿也不想去了。

回到家里，妈妈便不满地对我说："你怎么还没去装一罐煤气来？难道我们就一辈子用煤炉做饭吃么？"

我说，没问题，我这就去装。

为了节省那一点点钱，妈妈一直不肯叫别人把煤气送上门来。"反正你也老是闲着。"她说。我骑上自行车朝市郊驶去。

经过酒吧门口时，我忍不住进去喝了几杯。我记得我昨天也来过这里，但我想不起当时的情形了。日子太相似，毫无区别。我随便找个位置坐了下来。喝第三杯酒的时候，一个男的走过来问我做什么工作。我说你管不着。我说的是实话，并无意要激怒他。他便开始骂我，说我不识趣。我没理他。"你真他妈的不会做人！"他大声嚷嚷，八成是喝得差不多了。我忍不住笑起来，因为"做人"这两个字让我觉得很滑稽，不知道为什么。可是这更加让他恼火了，他掏出一串钥匙，从里头找出一把很小的水果刀，叫我向他道歉。我觉得特别无聊,便招手又叫了一杯酒。他立即兴奋起来,因为他猜测我准是要站起来跟他打斗一番。我想:我可以不向他道歉,这是我的自由;但是我也可以向他道歉——这种自由比头一种自由宝贵多了。这样想着,我就跟他说了一声对不起。他失望地收起了刀子,同时用目光扫视着我的脸说:"你究竟是做什么工作的嘛?"我又说了一声:"对不起!"他终于走开了。

我骑上自行车,脑子里想着刚才的事情,我也不知道为什么就到了我朋友的家里。朋友说:"你是来借钱的吗?"我怔了一下,说:"是的。"我确实一直想要跟谁借点钱用。他又说:"吃了晚饭再走吧。"我想了想,觉得无所谓,我说:"好啊。"我在他家的沙发上坐了下来。他便在房子中间走来走去,有时又望一望天花板。"你怎么不说话呢?"他盯着墙角说道。"哦,说啊。"我说。他终于坐在椅子上打起了瞌睡。我看到他桌子上放着一把指甲钳,便拿起来认真地把指甲修剪了一下。后来,我就把指甲钳紧紧地贴在脸上,传来一阵怪怪的冰凉。不知过了多长时间,我放下指甲钳,发现天色已经很暗了。下班回家的人们的脚步声在楼梯间咚咚地响起,又渐渐远去,最后归为死寂。又过了一阵,放学的孩子们三三两两地从窗外走过,有的还伸着脖子往屋子里面探望,也许并不是故意的。可是,有一个孩子却朝我做了个鬼脸,然后一闪而过。真是有趣!紧接着一阵杂乱的争吵声从那些孩子们中间爆发出来。我的朋友醒了,他抹了抹嘴角。看到我,他便说:"你自己倒茶喝。"他伸懒腰的时候,我也站起来情不自禁地舒展了一下腰肢,觉得真是太舒服了。"最近怎么样?"他打着呵欠问我。"很好啊。"我说。"你妈身体还好吗?"他又问。"我不太清楚。"我这样回答他的时候,又开始玩弄起那把指甲钳来。"是吗。"他说,"我最近老睡不饱。"他开了灯,在一面镜子前站住,他仔细地端详着镜子里的人。"你是谁?我的左手怎么变成了你的右手?""啊?你说什么?"我惊讶地抬起头。我朋友平静地说:"我在对镜子里的人说话呢。我这些天是不是衰老了不少?"我想都没想就说:"是的。"我们又说了几句话。然后,我站起来说:"我走了。""在这里吃晚饭吧。""不用了。""你不是要借钱吗?""哦,对啦。""两百,好吗?""随便吧。""你等一下,我去拿。"

从朋友家出来，我发现我的自行车不见了。我又敲开朋友家的门。我说："我的自行车放在楼下不见了！"

朋友吃惊地问："你今天骑自行车来的吗？"

"是啊。我本来是去装煤气的。"

"你装的煤气也不见了吗？"

"我还没去装呢。不过，现在煤气罐也丢了。"

"你怎么早不去装呢？现在天都黑了。"

"反正装不装都无所谓。"

"你的自行车锁了吗？"

"不记得了。可能没锁。"

"那一定是被偷了。这里经常有人丢自行车。"

"你家的自行车借我用一下吧。"

"干什么？"

"我还是去把煤气装回来。"

"不是装不装都无所谓吗？"

"还是去吧。"

我骑着朋友借给我的自行车继续朝市郊驶去。看着路灯的光辉从空中洒下来，我想：又一天快过去了。也许再过二十年，我才会幸福地回想起今天，说不定还会无比怀念吧。

那些破旧的房子开始出现在马路两旁，它们几乎隐没在无边的夜色中，只有门口和窗户透出暗暗的灯光。孩子们的头在那灯光里攒动。一对夫妇站在门口吵架。老人在咳嗽。婴儿在啼哭。电视剧里女主角夸张的尖叫传出很远。包围着这些声音的是黑夜和寂静。也许永恒就在这附近吧。一条狗夹着尾巴从马路上穿过。我把自行车踩得飞快，有的东西还没来得及在我脑子里留下印象就被我抛在了身后。

以前，我偶尔来装过几回煤气，但我还是记不太清具体的位置。我只记得是在马路的右边，门口堆着许多煤气罐；几个搬运工人常常穿着那种又厚又脏的工作服，一副累得快要散架的样子，就好像全身都挂满了煤气罐一样。他们看人的眼神令我浑身一颤：一种冷冷的锃亮的目光。我就一直望着马路的右边，脑子里横七竖八地堆着那些煤气罐，有的已是锈迹斑斑。可是，眼前的房子越来越稀少了。这时，我看到了那个加油站，才知道我走过头了，因为过了加油站就是农村了，一大片荒芜的农田将从加油站的那堵围墙后面冒出来。我已经骑出很远了。我又往回骑。这回更加留神，好不容易找到那个地方，我才知道为什么刚才没看到它，因为早已关门了，灯也灭了，在夜色的掩盖下根本很难发现。

我连车都没下，又往城里骑去。我到了朋友家里，把自行车还给他。朋友说："煤气装好了吗？"

"没有。那里关门了。"

"哦？那——里面也没有人？"

"不知道。灯关了。"

"你没敲门吗？"

"没有。"

"你应该敲门的，他们经常在里面的小屋子里看电视。"

"那我就再去一趟。"

"别去了，你还没吃晚饭吧？"

"没吃。"

"在这里吃吧。我把饭菜热一热。"

"我还是回家吃算了。"这时，我突然想到一个主意，我说："要不咱们一块到外面去喝点酒吧。咱们，谈一谈。"

朋友突然变得不高兴了，说："你忘啦，我从来不喝酒的。你快点回家吧，把自行车骑上。"

"我走路回去。"

"反正你明天装煤气也要骑的嘛。"

"明天可能不去装了。"

"你明天有安排了吗？"

"没有。"

"那你为什么不去装？"

"不知道。我是说，可能——"

"听我说，还是去吧。你不能老叫你妈妈担心。"

"明天再说吧。"

我走在路上，想象着明天。明天总会有点特别的事情发生吧？我不能想象，明天还是一个装煤气的日子。

我拐进家门前的街角时，几个男子不知从哪里突然钻了出来，他们迅速地将我围住。有一个家伙先动手，咬着嘴唇往我的脸上揍了两拳。接着，又有人踢我的小腹。在我疼得蹲下去的时候，他们就居高临下地用力踩我的头。在这整个过程中没有一个人说话，我也一声不吭，像是一出默剧。他们没有使用凶器，也没抢我的钱。很快他们就散去了。我站起来，拍了拍身上的泥土，回到家里。我思忖着，这事可能跟下午在酒吧发生的事情有关，也可能跟任何事情无关。

"煤气呢？"妈妈瞅着眼向我走过来。

"那里关门了。"我说。

"一下午都关着门？"妈妈嘲弄地说。

"不知道。"

"不是叫你别惹事吗？你的脸怎么会弄成这样？"

"我没惹事，妈妈。"

妈妈弄来湿毛巾，把我的脸抹干净。

"妈妈，我把自行车弄丢了。"

妈妈不说话，看样子她非常后悔生了我这个儿子。过了很久她才说："我知道你会把它弄丢的。"

我打开电视机，不过我并没有看里面的节目。

妈妈在厨房里忙活着。过了一会儿，她把饭菜摆在桌上。奇怪的是她装了两碗饭来。我说："妈妈，这么晚了，你还没吃吗？"

"我等你回来啊。"

"妈妈，我不是告诉过你，不要等我吃饭吗？你怎么不自己先吃呢？"电视又被我关掉了。

"我以为你会把煤气装回来的！"妈妈伤心地说，"我等着用煤气来炒菜。"

我怕妈妈会哭起来，所以赶紧低着头吃饭。

"晚上还睡不着吗？"妈妈问我。

"耐心地躺一会儿，可能还是能睡着。但我不愿意躺下。你不知道，一到晚上，我脑子里会想很多事情，不肯休息。"

妈妈叹了一口气，用衣袖擦了一下眼睛。

"妈妈。"我迟疑了一下，接着说，"你最近身体好吗？"

"你为什么问这个？"

"今天一个朋友这样问我来着……妈妈，我真的不知道你过得怎样。"

"我，很好。孩子……"她说。

"妈妈，有酒吗？"

"少喝点那玩意。"

"只喝一丁点。"

妈妈起身去拿了一罐啤酒。我早已从碗柜里找了两只杯子放在桌子上了。我从妈妈手里夺过啤酒，斟上满满的两杯。

"难道你想灌死我这个老太婆吗？"妈妈看到我递给她的那么大一杯酒，简直吓坏了。

我说："妈妈，祝你永远健康！"

我把酒一饮而尽。妈妈也把一整杯酒喝光了。她眼里泛着泪花，不过脸是笑着的。她心疼地问我："孩子，你呢？你过得怎么样？"

我说："妈妈，我过得很快乐。真的。"

"今晚早点睡吧。吃一片安眠药，会睡得很香的。明天醒来的时候，你就会发现，咦？怎么是早上呢？怎么不是下午三点啦？你会觉得精力充沛，因为早上的空气啊，又香又甜，让人振奋。"

"安眠药？"我说，"管用吗？"

"管用。那是这么些世纪以来，人类最了不起的发明。"妈妈开心地笑了。

"那我就试试。"我也笑了笑。

"你先试试。明天，到了明天，你就知道了。"

"妈妈，明天一大早我就去装一罐煤气来。"

"好！好！"妈妈乐得合不拢嘴。

2004年，贵阳

从现实到梦境所要经过的路程

我气得说不出话来,立马挂掉了电话。我决定去看她。简单地收拾了一下行李之后,我来到了车站。她目前应该最不希望看到我,但是我必须去看她一眼。在等车的时候,我回顾了一下我和她交往的种种经历,心中充满了疑问。我认为,等我见到了她,她的表情及目光将会解开我所有的疑问。

我登上了一辆中型巴士,坐在我身边的是一名古怪的男子。他向我出示了一款古怪的怀表。我清楚地看到,在某个令人防不及防的瞬间,这表的秒针会突然逆时针跳动一下,像是突然打了个嗝似的,然后又接着按原来的方向移动。对此他十分得意。我说:"难道这种表不应该扔掉?"他说:"吓!吓!这可是我的宝贝,这上面的时间是最准确的。"

汽车不知不觉间驶出了城,爬上了山路。从潮湿的云中滴下一些雨来。

"你此去有何目的?"那个男人兴奋地问我。

"我去看一位姑娘,我们快要结婚了。"我说。

"什么时候结婚?到底还有多久?"

"我不太清楚,见到她后我得问问她。"

"你小子可别太得意了,我会嫉妒你的。"他不悦地说道。

"随你好了。"我说,"反正我不可能不结婚呀。"

"她人怎么样呢?难道好得没话说吗?"他又问。

我想了想,说:"她脾气很不好,性格也难以捉摸。我想等她怀了我的孩子后,应该会变得温柔一点吧。"

"那她什么时候会怀你的孩子呢?"

"我哪里知道呀!"

不知道他是高兴了些,还是仍然很生气。反正当车子驶过一段崎岖不平的泥路时,他在不断的颠簸中睡着了。看着他熟睡中仍露出不屑的脸,我突然悟到:像这种人,他们的表情在大多数情况下往往是没有多大意义的，可以说毫无价值。在旅途中，这个微不足道的男人被一个梦逮了去。我差点忍不住笑了。

我在车厢里活动起来，走来走去。竟然没有一个人跟我搭话！我对他们每一个人都说：老乡，你好哇！他们都不理我。只有一个戴着红帽的小姑娘说："叔叔，你还是坐回你的座位上去吧。"

"为什么呢，小女孩？我觉得很闷啊。"我摸了摸她的小脸蛋。

她的脸马上红了。她认真地回答我："因为你影响别人观赏窗外的风景。那些风景在车窗外不断变化着，所以每一个细节都令人好奇，也十分重要。一处风景都不能错过啊。前面不知道还会出现什么呢。"

这番话使我十分地羞愧。我觉得自己真是太不懂事了。我低着头坐回座位时，那个男人已经醒了，他边抹着嘴巴，边冲我笑了笑。我发现人人都在望着车窗外，由于车开得太快了，他们的目光似乎都落在了将来。

那男人又开口说话了："那你此次去做好准备没有呢？"

"我写了一封信给她。"我紧张地说道。

他笑了笑："我指的不是这个。那件事还很遥远，而往往坐车会遇到很多始料不及的事情。"

"是吗？"我不以为然。"我只感觉到这山路两旁的风景太单调了，时间嘛，"我得意地笑了笑，"不知过得快还是慢。能借你的表看一看吗？"

车厢里太安静了，似乎每一个人都在等待着更为刺激的经历到来。我看到汽车吃力地爬上一个很陡的斜坡。

"我们到达最高峰啦！！"一直没说话的司机兴奋地喊道，可是并没有引起什么反应，好像与大家无关。

然后车子就开始下坡。司机关掉了马达，让汽车全凭自身的重力往下冲。我只听到轮胎与路面的摩擦声，一种搔痒一样的声音。我感到自己正在从云霄往下坠。

"这还有点过瘾，哈哈！"我暗自称奇。

那的确如此，一切都变轻了，连我自己也变得像一根羽毛似的。我身旁的那个男人吓得闭起了眼睛。

汽车偶尔拐几个弯，但一直都在下坡，我时时处在一种坠落的快感当中。

不过，不久我又开始觉得无聊。我问那男子："这道坡有多长？为什么老是在下坡？"

那男人说："我那边的亲戚来信说给我选中了一副棺木，非常漂亮，叫我亲自过去看一看。我就坐上车赶去。我的老家并不是那边的，但亲人们都在那边，我想我反正也会死在那里。"

"先生，你还年轻嘛。"我狼狈地安慰他。

"哈哈！我们要坐很长时间的车呢！"他的表情竟变得忧伤起来。

"这是怎么搞的？我们还在下坡！"我惊叫起来。

"你不能太急了。这是一个很好的机会，你可以好好地回忆一下过去。"

"我要看一看风景，时间也许会悄悄地溜过去。我们应该快到了。"我把目光转向车窗外面。无尽的风光就像从很深的深渊底端浮了上来，一草一木，包括每一块石头、土块都在不断地重复。我简直快疯掉了。

"司机！"我大叫起来。"司机！司机！为什么不把车停一停？"

司机把头完全转了过来，令我担心他会看不到前面的路。这位司机明显衰老了不少，他打量了我一会儿，说："我停不了，我们得下完这道坡。"

"可是这道坡下得太久了。至少我觉得它已经很久了。你是不是走错路了啊？"

于是司机大声失笑起来："不会走错的。下坡难道不好吗？老兄……"

"我心里很没底。"我边说边走到驾驶室，在司机旁边蹲了下来。"我觉得自己变得很轻。"

"是这样的。而且将会越来越轻。你现在蹲在这里，也许会看得更清楚：这路朝我们扑了上来，时间就过去了。我们能有什么办法阻止吗？你可以给我一支烟吗，我的烟抽完了。"

我们又一起抽了两支烟。

这时司机才下决心把真相告诉我。"你也许还不知道……我们下这道坡已经很久了……时间已经过去十年了，你知道吗？看你这样子，事先一定不知情，而且现在还是一无所知。十年啦，老兄！这很正常，反正我是早有准备的……而且，像这种天气，我不知道，还要走多久才能到达。"

车厢里很多人在笑，他们似乎很轻松。他们交头接耳,也有人干脆直接敞开嗓门在交换着观点。我听出,在他们谈论的事情中,最早的也是发生在这车上的事,好像除此之外,他们再也没有别的记忆。

"司机大哥,你为什么不早跟我打声招呼?十年就这样过去了,可我还是没有结婚。我登上这辆车,原本是因为我期待着一场婚姻。"我显然是失望透顶了。

司机狡猾地笑了笑:"这都怪你自己,你在期待中错过了机会。我记得当我们的车驶过一棵迎客松时,那位戴红帽的姑娘就已经开始含情脉脉地注视你了,可你一直没有反应。有两次连你自己都清楚地看到她在望着你,满脸绯红,可是你这人竟然没当回事。你本来可以在这车上和她结婚的,可是你太高傲了,也伤了那姑娘的心(我在反光镜里看到她哭了很久),要不到现在,你们的孩子应该也会走路了。"

我朝车厢望去,果然那位曾被我抚摸过脸蛋的小姑娘已经长大了,虽然她还戴着那顶红帽,但她到底是长大了。我站起来,正要朝她走去,司机拉住了我:"你现在还去干吗?她已经结婚了,坐在她身边的那个矮个子就是她丈夫。"

"这么说,那矮子怀里的婴儿就是他们的孩子。"

"是的。"

我如梦初醒,同时也感到对我来说,这是多么的不公平。

我再次恳求司机把车子停一停。

司机说:"要停下来很困难,而且就算停下来,也没有用,这里离任何地方都很远。"

2006年,桂阳

途 中

　　从平坝回来时,我身边坐着一个女孩子。应该说我坐在她身边,因为她早坐在那里了。我上车时,只有两个空位了,另一个就在她前面。我走到她身边,一看是女的,于是心高气傲地想坐她前面那位置。走到前面一看,空位子旁坐的是一个胖胖的极其丑陋的老头子,便又坐到了后面。她戴着一顶五颜六色的帽子,像草帽的样子,但不知道是不是稻草做的。我没去摸,事实上,你知道,我看都不敢看。低下头时,她的手闪进我的视线,细细的,不但手指,就连手腕;几乎透明,那样的皮肤差点让我失去理智。坐下之后,利用她的眼睛被帽沿挡住的极好机会,偷偷地、心虚地窥她。脸的轮廓在帽子下像探出的半只去皮的土豆,香香的啊粉粉的……一些极细微的汗毛(我真不想用这个粗俗的词),在看不见的风中像跳舞一样地飘扬。鼻孔是冷冷的,似乎在代替隐藏起来的目光向我传达她对我的鄙夷。我真想哭着将她一把抱住。她的乳房是小小的,像两只拳头躲在衣服里,我又去看她的手……我们穿的都是短袖T恤,我们的手肘在车子颠簸的瞬间就碰在了一起,皮肤们甜蜜地亲吻了,滑滑的,像涂满了润滑剂,那是一些丝线一样的亲吻,不断地,皮肤们在相互地摸。这是她的左手,而她的右手呢,靠着车窗,小掌心轻轻地攥着一台巨大的手机,在发短信呢,给男朋友吗?我又想哭了……她的下巴一副很尖锐的样子,尖尖的,锃亮,像一把刀子。我应该给她一张名片,还是给她一个耳光,或者冒着坐牢的危险咬一下她的嘴唇?我用力地闭起眼来,假装睡着了,我的头靠在靠背上,时不时又装作被颠得耷拉下来,在空中像一块海绵一样左点点右点点。其实她根本就没看我,但我还是必须得装睡,哦,我们的手肘又美妙地靠在一起了,这完全是车子过于颠簸。她半点都没有闪躲,我总是巧妙地让车子颠簸得更自然，我的头差一点慢慢地移到了她肩上，在闻到她的气息时，我猛然惊醒了。当然这也是假装的。装睡装得我累死了，我简直有点生气。再后来，我便干脆不装了，我的身体不断地动着，但就像是自尊心受到了严重的打击，我动只是为了努力地避免碰到她。我想，这样一来她或许会后悔吧？她的手肘再也感觉不到滑滑的亲吻了，她一定悔恨自己的冷漠，她躲在帽沿下的睫毛上一定挂满了泪水。到了贵阳时，我赶紧抓起我的行李，匆匆地跳下了车厢，连看都没看她一眼。

2006年，贵阳

机　器

1

　　经理拍了拍手，同时使自己的声音更像一件艺术品："首先要相信你的魅力，你：独、一、无、二。其次要相信你的产品，当你敲开客户家的门，里面活着的人正是为了坐在时间的荒野里等着你送货上门。"下班时，我裹紧了大衣，仿佛身上的气质随时会挥发掉。我是一名袜子推销员。在公交车上，一直盯着我的脸看的那名小男孩忍不住问道："你是我们家的亲戚吗？你曾经去过我家。"我当然记得他，我说："不是。我去你家只是为了给你一颗棒棒糖。"我口袋里就装了很多这种棒棒糖，专门用来讨好客户家的孩子。"这个人也去过我家里……"站在我对面的两个眼窝深陷的女人在咬着耳朵,可我听得很清楚。她们的目光警惕地闪着,像是有一条虫子躲在眼神里吃吃地笑,啃她们的眼球。

我忍受过各种尴尬。在无数陌生人的家里,脸部突然腾起一片大雾。

曾经在一对没有儿女的老夫妇家的客厅里,四面的家具差点将我谋杀。

我下了车。在通往地下通道的阶梯上,一名无家可归的小男孩仰躺在那里。他的头朝下,似乎随时都有可能顺着阶梯滑下来。他大约十四五岁,没穿衣服,哦——还有他的双脚没了,裤腿空荡荡的。他的眼和嘴都紧闭上了,嘴唇中央有一抹红色。他死了。也许他还在呼吸,但这意义不大,他的姿势表明他确实死了。花花绿绿的人像鬼魂一样从他尸体边走过,只是稍微放慢了一下脚步。

天快黑了,透明的鬼在夜色的浸染下,开始露出朦胧的轮廓,像铅色空气中的气泡。一排摩托车在车站门口吼吼地怒号,司机们因为生意冷清,难过地沉默着。我招招手,叫一名司机送我到卖芝桥,特意强调是卖灯具的那条街。司机是名年轻人，样子挺机灵，话也多，是个活跃分子。他一边说话一边大口地咽着口水，我坐在后座上都能听到咕噜的声音从他脊梁里冒出来。他问我对婚前财产登记有何看法。我说："狗屁，那纯粹是狗屁。"他笑得连车轮下的青石路面都震动起来。摩托车在菜市场门口停了下来，他告诉我磨石桥到了。我惊讶地说，可是我要去的是卖芝桥。这家伙噎了一下，可能是口水吞得太急。他露出狡猾的面目："真的吗？可是你刚才说的是磨石桥。去卖芝桥可不止这个价钱。"我坐在后座上一动也不动，异常冷静地说："有吗？我那样说过吗？我跟你说过磨石桥吗？我为什么要说磨石桥，我跟你说磨石桥，还不如跟一条狗说。"

可是这话一说出口，我便陷入无边无际的懊恼中去了。我将在漫长的岁月里苦苦冥想我是怎样一个人，将有着怎样的明天。司机默默地闭了口，继续驾驶着摩托车悄无声息地滑过被夜色追赶的大街小巷，将我送到了目的地。我拐进家门口时，一只烂脸鬼，迅速躲到一团亮光中去了。我步步小心地走进弄子里，却又不太在乎任何致命的一击在我背后徐徐展开。不知来源的光在我屋门外投下横七竖八的黑影,总有一些影子是今晚多出来的……我将永远忘不了那些空气中的精灵,三三两两飞舞在夜色中、在我头顶不怀好意地唱歌的星星和水草。

2

"你去过直布罗陀海峡吗?"老太太一边咀嚼,一边费尽心思地回忆着地图上的地名。她终于又想到一个,激动得差点将满嘴的饭喷了出来。她双手并用,将溅出挂在嘴角的碎饭刮进她牙口硬朗的嘴里。

"去过。"我头一摆,就说:去过。"我们在那片海域上待了三天三夜,因为我们的老船长,一名福建渔民,不听众言,一意孤行,在大海上迷失了方向,我们差点就死在那儿了。当时我们吃的是什么,你肯定想不到。"

"树皮?"老太太忘记了吞咽,含糊不清地猜测道。

"对啦,太对啦。老太太,又被你猜中了……我们饿晕了,就吃树皮,因为我们船上当时运的正是成堆的木材。"

她得意地笑了起来。"那你们后来有没有走出那片大海呢？"

"你说呢，老太太？"面对她这愚蠢的问题，我真想站起来扇她几个耳光。

"依我看，你们不可能走出去。"她认真思索一番后，竟然得出这样的答案，仿佛她的眼睛里已经看不到我了。

我迟疑了一下。"叫我怎么夸奖你呢，老太太。你说得一点没错，就跟你亲眼目睹了这一切似的。所有人都饿疯了，我们只想着能多活上一时半会儿，谁还会想着把船开出大海呀。其实到最后，船已经不存在了，因为我们把所有的木材都啃光了，我们就开始啃甲板，啃桅杆，啃着啃着，我们都发现自己泡在海水里啦，你说有趣吧？"

她心满意足地点了点头。可她才把头点了几下，就昏昏欲睡了。于是面露难色地跟我说，她惯例的午睡时间到了，如果我不介意，当然可以坐在她家里，看看报纸等她醒来。末了，像是为了更加确定她那老糊涂的印象，她强撑起眼皮来，问我："你是新搬来的邻居吧？哦，对不起，你已经告诉我了，我不该再问你。你是我的新邻居。你来找我是为了什么事呢？你好像还没说吧？你说过了吗？"

这一下，我彻底失去了耐心。我把手里的袜子样品一股脑塞进我的旅行包，气鼓鼓地说："我是推销袜子的，我一进门就跟你说过了。当时你要赶我出去，因为我给了你一颗棒棒糖，你才改变了态度，叫我坐下来。我耐心地跟你讲解我的产品，可你却一直在一旁叽叽喳喳，问我有没有见过你失踪的儿子，因为你儿子也有一个跟我一模一样的旅行袋——你还记得你有过一个儿子吗？我说，我没见过你儿子，这种旅行包到处有卖，并不一定非得相互认识的人才会有。接着你就问我见过大象没有——鬼知道你问这干吗！我为了不至于让你立即翻脸，将我扫出大门，就编了些谎话来骗你，说我在泰国帮富豪们开车时见过不少的象。于是你就开始没完没了地问我去过这儿没有、去过那儿没有，只要你生锈的脑子里能想到的地方你都问过了。我都回答你：去过。我说干我们这一行的，就像是在地图上爬来爬去的虫子，没有我们爬不到的角落。我没法想象，你会相信这些鬼话。后来我明白了，你相信，是因为我满足了你的虚荣心。你问什么，我都叫你猜，不管你的答案有多离谱，我都眉飞色舞地直夸你聪明，又答对了。我一直不停地和你聊了三个小时，因为我们那王八蛋经理说过，对客户要耐心，不能只跟他们聊袜子。想不明白的是，你居然没有忘记吃午饭的时间。由于你的虚荣心得到了满足，你今天的饭量应该大不比往常，像你这么瘦小的老太婆，竟然连吞了三碗白米饭。可是你却忘了我也是要按时吃饭的，我并不是你花钱雇来的机器人，可以开开心心地看着你狼吞虎咽，而自己却粒米不进。我之所以忍受着这一切，是因为我幻想着你会买我几双袜子。可是，到头来，你却问我是不是你的新邻居，到府上来有何贵干。"我一边说一边收拾东西，准备离开。当我说出最后一句话时，我已经差不多走出她家的门了。

"小伙子，你回来。"我听到老太太在后面叫我，我鬼知道她又想干什么！

3

以下这一段是不配合成员R，在一次有全城不配合运动的成员参加的晚会上，介绍新成员时所说的一番话。

前袜子推销员H，一位了不起的、有着不配合天赋的小伙子，在我家里被我发现了。在他三个月的推销员生涯中，他的业绩一直是一个鸭蛋，这是他心头的耻辱，但是我揣摩，由于他生来就有的不配合精神在他骨子里作祟，这不光彩的事实，即零业绩，同时也成为他隐隐莫名骄傲的理由。我要跟大家说说这件有趣的事。大家都知道我上次故意失踪的事吧，其实我一直就躲在我的卧室里，用来骗骗我那老糊涂的母亲，这已经足够了。那天中午，我打算结束这失踪的游戏，从卧室里出来时，我看到这个滑稽的矮个子正背对着我，冲我母亲喊道："由于你的虚荣心得到了满足，你今天的饭量应该大不比往常，像你这么瘦小的老太婆，竟然连吞了三碗白米饭。可是你却忘了我也是要按时吃饭的，我并不是你花钱雇来的机器人，可以开开心心地看着你狼吞虎咽，而自己却粒米不进……"（所有人都大笑起来。）我的母亲根本没有听他说，因为她已经发现了我，她一直很欣赏我搞的这些让她觉得有惊无险的恶作剧，她早就知道，我死不了。她认为我身上有着某种天才。但她还是——怎么说呢——喜出望外。正当袜子推销员伤心地打算离开时，我母亲叫住了他。她想跟他买下他包里所有的袜子。但是，推销员在瞬间崩溃了。看得出，他一直在担心这一天的到来，令他引以为豪的零业绩或者说那种令他很舒服的羞耻感、失败感，是他能活到今天的强大支柱。他少了这种精神粮食，就会活活饿死——我指的是他那不羁的、结构独特的灵魂。不过他很快发现了至今为止首次出现在他面前的宝贵权利——那就是拒绝卖出任何产品给他的顾客的权利。他苦苦向她兜售，为的正是让她在最后关头品尝一下被拒绝的滋味。我母亲非常的尴尬，但是经历一次这样的尴尬何尝不是一件好事呢？了不起的推销员正是从无数次尴尬中无师自通地领悟到了我们伟大的不配合运动的精髓，使得他最终和我们走到了一起。

4

"不配合的精神是何等的可贵……你们可以仔细地观察身边的一切……去观察一把 Guitar，吉他的身上散发着浓郁的颓废气息。吉他清算了人们的潦倒。"可是即使有了这些信息，一夜之间张贴在各个路口的这张海报还是让人觉得莫名其妙呀：

一把吉他插在女王的阴道里

这张海报的设计者 T，一名不恋者——既不属于同性恋，也对令人作呕的异性恋嗤之以鼻。他宣称："我活着就是为了不同人性交。当然也不同动物。"他疯狂地、夜以继日地奸污了上千本文学名著、500 页自己的小说手稿、三捆圆珠笔和一台二手电脑。他在小学的围墙外向放学的孩子们进行不配合教育的启蒙："……你们记住，如果有人无缘无故地揍了你，那是很正常的……"和 T 第一次见面，我同他描述了我幻想中的情景：从中巴车的女王门（其实就是安全门，"安全"两个字掉了部首）缓缓走下长着雀斑的女王，她疲倦的脸，在下一个句子中的棺材的映衬下，如同性器本身，被空气中的精灵叮咬得愈发肿胀。他则向我透露，摆放在闹市中的青石棺材，正是他本人的创意。那是一具长方体的石雕棺木，表面的青色光泽沿着更深颜色的棱线游移。

而整个冬天，我站在二楼临街的窗口，观望"人类的悲哀"。我打算同T合写一本名为《透明人》的思想著作。可是当我把这个想法拿来同T商量时，被他豪不留情地拒绝了。他抚摸着一台从废品厂收购回来的破打字机，声音里明显带着颤动的呻吟："不配合成员对不配合成员也应该是不配合的。"他伤感地、用一种回忆童年往事的语气跟我说了说他在旧货市场的发现。在偌大的旧货市场，有两间相邻的门面，左边一家是买卖二手机床的，而右边一家则经营旧音响。机床的生意自然要冷清许多。这位老板有一个小男孩子，每天放学后就趴在庞大的机床上写作业。隔壁的音响声浪震天，络绎不绝的顾客使小男孩的眼里饱含了失败，他觉得父亲快要死掉，他的机床店没人光顾。小男孩的衣服被那些机床弄得油渍斑斑，他有时会跑到没人的地方掉眼泪……

我很少出门，我让自己在窗边静立得像一台机器。我的脑子在运转着。我看到人，就冷静地分析他们人生的数据。所有的人都不愿以任何名义，去配合任何一个他人。我仿佛回忆完了数百个人的历史，能详细地想起他们是怎样长大的，童年时遇鬼的经历，以及有的人在年轻的时候如何的想念酒，而有的人却从未曾喝醉过。

那天初暮，我移动至走廊。空气凛冽，而且坚硬，密度饱满。它裹着一个核心，人们见所未见的美景浓缩在一个黑色的点上。这片立体的寂静有着足够的物理学依据。城市中央，有人放起了烟花——烟花兴冲冲地升到半空，看了看，没什么，便兀自爆炸了——夜幕被照亮了虚幻的一隅。我没法多想，除了听任自己的本能，闪电般地计算出光的速度。

2007年，杭州

春天堡的死者

"还是说说我在春天堡的那段日子吧。"

"说吧,如果你还没喝醉的话。"

"这是我的酒吗?谢谢。请再给我撕一片面包。我要的不多,所以不会有太大的罪。忧伤可以使我活得很好,但是这忧伤从哪里来?我每天过着一样的日子,这些毫无诗意的感受对我有什么用?我计算着金钱,贪图享乐,爱慕虚荣,不对人说真话,也从来不敢注视你们的眼睛。一到傍晚,我就打瞌睡,饭也不想吃……怎么,我们走吧?对,走出去,外面,呼吸……我真想呕吐!如果我要吐,我就吐在这里,这沙发上……好吗?日落的时候,坐在窗前,比什么都好,看着暮色怎样来临,灯一盏一盏地亮起,比什么都好。可是我会忍不住打起瞌睡。如果有人在这个时候默默哭泣，那就更好啦！有多少人犯罪，就有多少人忏悔，我们干吗还不走呢？你站起来干吗！听我说，待着别动，对不起，我是说我们最好出去走走，唉呀，你又坐下了……也好，那就别想那么多，我只是……乱说。有什么比那个更重要呢？那个——是什么？不要逼我说出来，我不知道。不要逼我追求真理，不要逼我同忧伤分离，我什么都不知道，我也不必知道。死人的事情嘛，每天都在发生，我们来不及思索。钟声敲响，那只是做梦而已，它的音色很美妙。但谈不上什么节奏。走吧……但是，我请你待着别动，听我讲一讲我在春天堡的那段日子吧……"

但是音乐响起，灯光惊颤地扫过。来吧，疯狂的时刻到来！少女们发出渴望的尖叫，美梦夹杂着一丝不安将我们笼罩。来吧，跳舞！喝醉的也可以跳。音乐同时从四个黑色的大音箱里跳出，像魔鬼一样由弱变强，它超越了一切，连沉默都被它击败。我们举起的手指因为内心的不坚定而显得软弱。灯光忽明忽灭，它熄灭的瞬间似乎是为了更强地扫射，好像光一次还不够——它要将我们无数次地取笑。我们这些卑微的、因卑微而显得兴奋的灵魂徒劳地嚎叫——音乐掩盖了这凄惨的叫声——像蛇一样柔滑地扭动着自己的身躯。我们想起爱情,几乎流下泪来。我拼命地摇着我的头,"我犯过罪,我犯过罪,我犯过罪……"和着音乐的节拍,把它唱成了歌。我们扭得更欢了。当音乐戛然而止,柔和的灯光照在我们兴奋的脸上,所有人都发出了一声欢呼,同时心里涌起一阵强烈的倦意。

我回到座位上,发现 H 正冷静地坐在沙发上,用一只手轻轻地扶着宽阔的额头,一脸严肃。他似乎已经清醒了不少。

"你怎么不跳舞?"我说。

"我们走吧。"在深夜的寂静的街上,他给我讲起了他在春天堡所经历的事情。

我为什么会来到春天堡,H 说道,因为那里发生了一桩命案,一名少女死在自己的卧室里。好像这跟我有关似的。在去春天堡的路上,我将目光瞟向车窗外,不停地想到一些遥远的事情,童年的往事。我毫无经验，所以十分自信。车子在山上不断绕弯，上坡又下坡，在一座山顶上，终于看到大片古老的建筑躺在山脚下，我的心里充满了希望。很快我就置身于那里了——在一处热闹的地方，我下了车，做生意的和拉皮条的同时向我涌来，对我拉拉扯扯。就这样，我又到了另一个地方，在这里到处都是连绵的大山，丑陋的人和单纯的人呼吸着同样的空气。我感到无所适从，我好像消匿了，连同对自己无穷无尽的失望。但这远不是解脱。事实是，刚到春天堡的那几天里，我所接触到的一切都令我无比新奇和满足。"红红的木楼，光滑的石板街"，我跟朋友这样描述这个美丽的地方，但事实远不止如此。这里的人们使我感到美好，虽然他们并不热情——热情对我来说简直是一种折磨。白天，我走进这些人的世界里，同人们交谈，这是我的工作。在一位姓曾的先生家里，发生了一桩趣事：一名保姆从他家的抽屉里偷了一块手表，被他当场逮住。

"为什么偷我家的东西？"

"你老是不发工资。我没钱花了。"

这件事使我的心情更加愉悦。在这个地势不一的城市里，当你从一条街道的低处走向高处时，从坡的另一边迎面走来的人，首先露出他们的脑袋，然后才是身子和脚，他们就像是天上的人，从一朵云里升向另一朵云，再从云端缓缓地走下来，他们并不四处打量。他们对自己和身边这片建筑该是多么熟悉和自信啊。

在春天堡，没有人知道我的行踪。我故意拖延了两天才开始工作。在那两天，我到城里的每家咖啡馆里喝一个钟头的咖啡。多么惬意的日子。在一家咖啡馆——这家咖啡馆开在一个山洞里，所以十分阴冷——我认识了一个怪男人，我们管他叫罗大夫吧，他是一家五金店的老板。我为什么说他怪，因为他的眼里仿佛老是含着泪。可是一股邪恶的念头在我心里钻了出来，我想：或许这个人就是凶手。我为自己的这种想法感到自豪，在这种自豪的情感的冲击下，我十分认真起来，巧妙地跟他打听了许多关于他的情况。他告诉我，几年前他的妻子莫名其妙地死了，直到现在也没有人能说出她怎么会死掉。他狡猾地笑一笑："没有人知道！"我几乎想马上站起来，抓住他的衣领，告诉他："你将会为你所犯的罪行受到残酷的惩罚！你逃不掉的！"但是，我想到一名成熟的侦探应该保持冷静，所以我只是对他说，我为他妻子的死感到惋惜。他问我到春天堡来是否有什么重要的事情要办。我说："没什么。我只是——来玩玩。"他说："我特别希望你到我的店子里来坐一坐，说不定我们还可以做成几笔生意。"我们同时发出了笑声。

　　第三天，我开始了我的工作。我来到死者的家里，认真地察看了现场。死者的家人对我现在才出现感到非常不满。但是不敢过于表露。她父亲说："一出事我就通知了你们，我以为你们会派人连夜赶到这里。我们都是些可怜的人，存在一些幻想也是合情合理的，因为我们无法自己解决这件事情，更何况悲痛已经差点将我们击垮。"少女的尸首还摆在床上，开始发出腐臭，但已经不是她死去时的样子——他们将她从她倒下去的地板上抬到了床上，还可笑地替她将脸上的血迹抹干净了。也就是说，现场已经被他们动过了。我感到事情一下子麻烦了许多，不免迁怒于他们。"从现在起，谁也不许动这房间！"我大声地说。可是死者的父亲，那个讨厌的老头还要顶嘴，他说："现在是夏天，死人的肉是很容易腐烂的。我们每天都得用冰水为她擦洗身子，还要保持房间的凉爽。可是这也不怎么好使，今天我给她擦身的时候，好些地方的皮都被搓下来了，我只是用帕子轻轻一抹，只是轻轻一抹！我这几天都为此发愁，昨天我就想把她埋了，可是我想：再多等一天吧，就一天，免得日后自责。要是你今天不来，我一定把她埋了。我现在可以把她埋了吗，H先生？"

"不可以！"我把嘴凑到他那黑得发亮的耳朵上，咬着牙说。

一些好奇的人在房子里围观着，稍微胆小的就站在门外，但他们也时不时地踏进一只脚来。他们用畏缩的目光望着我，低声议论着。

"他……？人家可是上面派来的侦探！"

"叫什么名字？"

"没听到吗？他叫H。"

"上面的人？怪不得……"

"他不像是本地人，也不像南方人，他像是从一个寒冷的地方来的。"

"是吗？是吗？大学毕业？"

"那算什么啊？哼！"

"啊……看上去……而已……"

我厌恶地扫视他们一眼，他们立刻变得安静。有人还不安地望着自己的脚尖。我对他们说："如果凶手就是你们中的一个，我希望他最好自己站出来。勇敢一点，就像你犯下那罪恶时那么勇敢。因为这是最好的弥补方式。"

他们哄然笑了，好像我刚才只是讲了个笑话给他们听。我的脸红了，怒不可遏地冲他们吼道："你们这些蜗牛！你们希望从这里看到什么呢？马上给我滚出去！"

于是他们就滚了出去。只剩下死者的父亲，他在那里犹豫着，拿不准要不要同他们一块出去。我望着他那微驼的背和脸上可笑的皱纹，心里感到一丝同情。我温和地对他说："我没说你，请你留在这里吧！这案子离不开你。"老头激动得哭起来。他说："侦探先生，你一定要把这个案子破了。你一定要把凶手指给我看，因为我要亲自把他剁了。你知道谁是凶手之后，只要用一个手指头指一下他就可以了，剩下的事情我会做的。我虽然只是一个没多大力气的老头，但我相信我还是能把他剁了。H 先生，你能查出谁是凶手吗？"

我说："首先，暂时还不能确定你女儿一定是被人所杀……"

"什么？先生！为什么不能确定？你难道还看不出她是被一个混蛋残忍地杀害的吗？这是最明白不过的事实，傻瓜都看得出来。你是一名侦探，难道看不出？"

我对他产生了极大的反感，诘问他："那你是怎么看出来的呢？"

"这还不简单吗？你是一名侦探，难道我的女儿，我的宝贝女儿会自己无缘无故地死掉？为什么我没有死呢？我的女儿，在市立图书馆上班，这是一份令很多人都眼红的工作，她怎么会自杀呢？"

"除了自杀，也可能是意外死亡。这本来是很容易判断的，可是你太自我了，你不经我们允许就擅自处理现场，你就像存心给我的工作添加难度。现在你又逼我立刻作出判断，好像我对你女儿的死倒负有最大的责任。你太自我了！"

"H先生，你可是有文化的人，你不该这样冤枉一个可怜的老头。"他无辜地飞快地眨着眼睛，好像要使劲挤出更多的眼泪来，作为对付我的武器。"你真是冤枉人啊。我只是受害人的亲人，从某种程度上讲，我本人就是受害人。我所做的一切都只是一个不幸的人受他那悲痛的心情指使所能做的，我只能这样。如果我对你无礼，你是应该理解的。你是上面派来的人，也就是说你是我的救星和希望，你是唯一能帮助我的人。可是你为什么从一开始就看我不顺眼，处处和我为难呢？你冲我发了很多的脾气，说了好些刺耳的话，好像我作为一个受害者的身份使你蒙受了很大的损失一样。可即使这样，我还是相信你，对你存有希望——除此我还能指望什么呢？然而你刚才竟然说我女儿不是被一个混蛋杀死的，你这样说倒不如让我立刻去死了算了。如果你一定要坚信你的这个结论，如果你来这里只是为了抹去真相，为了告诉我没有谁杀害我的女儿，她只是自己杀死了自己，或者是什么意外死亡，如果是这样的话，当然你倒是把责任——你对上面的人的责任和甚至对我和死者的责任——我可以这样不客气地说——推脱干净了，但是我这个糟老头呢，我会因承受不了这样的结果而心脏病发作，我会在你面前猝死，就这样带着永远的遗憾倒下去，倒下去，倒……"他边说边示范着他将怎样（在心脏病发作的时候）倒下去。

我一把扶住他，拍打着他的肩膀，我带着某种不能表现出来的怨恨使劲地拍打着他，甚至想把他打死。"老伯——我相信，我发誓，我相信，一定有人杀死了你女儿。而且这个人我已经见到了，他很狡猾，他甚至想把我也杀了——他可不止杀过一个人啊！他连自己的妻子都杀了，更何况我？他想把我骗到他家里去，也许他只是想给我一笔钱，叫我离开这里，如果我不从，他就会不露痕迹地将我杀害。"

"他是谁？我去把他剁了。"

我想了想，但还是说出了那个名字。因为我觉得那人对我是一个威胁。

"罗大夫？"老头抬起头来，像一个小孩子那样快速地转动着眼珠，真是滑稽啊，那挂在眼角的泪珠子还没干呢！他说："我不认识！"

"这不重要。"我鼓励他说，"也许你女儿跟他也不相识，但是如果他想杀死一个人是不会管他认不认识的。"

"你确定吗？"他望着我的眼睛，令我无比惊骇。

我突然意识到自己是一名侦探,我说:"没有,没有。我只是猜测而已。忘了他,让我们来找一些线索吧。"

我非常勤奋地调查这桩案子。我向死者的父亲详细了解了事情的经过。我不知道他讲的是不是过于夸张,他至少用了半个小时讲他的女儿是如何的可爱和懂事,甚至会经常亲吻他那张脏兮兮的老脸。我跟他说,最好不要回忆那些过于遥远的事情,那样只会叫我忽略掉最重要的线索。他尖叫起来:"我怎么能不回忆?那是我最亲爱的女儿,我唯一的小乖乖!她的声音就像鸽子的声音一样动听,几天前我还听见这声音向我撒娇,可现在永远听不到了。我一闭上眼睛就会看到她的脸蛋,我怎么能不回忆呢?你怎么可以认为我能不回忆呢?"我不耐烦地挥了挥手:"你可以回忆,而且以后你有大把的时间去回忆。但是,现在我请你不要把那些往事讲给我听。"可是他却大惊小怪地看着我:"啊!原来你一点也不同情我。我女儿死了,在你眼里也许跟死了一只小鸟一样不足挂齿,你有一颗冰冷的心——侦探先生。"我不断地拍打着自己的脑门,表示我已经不胜厌烦,我冷冷地回答他:"我懒得同情你!我并不应该感到不幸,我只是奉命调查此案，除此之外，我不想与你和你那死去的小乖乖扯上太多关系。我今天只是想了解一下事情的经过，收集一些有用的信息，剩下的时间，我想去喝咖啡。是的，我要去寻快活！可怜的老人，请你不要企图强求所有的人和你一块悲伤。如果我告诉你，现在，在春天堡有数不清的人在喝咖啡，在跳舞，甚至在讲笑话，你会怎样想呢？"

"我不怎样想。"老人说。他又说："我只是希望他们的女儿都死掉。"

总之，就是这样一个老头。我好不容易才从他嘴里了解到我想要了解的东西。我不知道他有没有夸大其辞——事情的经过是这样的：死者的最后一晚表现正常，她像往常一样从图书馆下班回家，她和父母一起用晚餐，在饭桌上她还给她父亲讲了一个谜语让他猜——至于这个谜语的内容，老头已经忘了——然后她就一边冲澡一边唱起"好听的歌儿"。晚上九点，她就进房间睡觉，这是她的习惯。睡前，她还亲吻了她的父亲，老头自豪地告诉我，这也是她的习惯。半夜里，老头迷迷糊糊听到了四声沉闷的响声，类似于拍打西瓜那样的声音。接着就是一声"巨响"——有什么东西倒在了地板上。但是他并没有想到这些声响给他带来了灾难,他躺在舒适的被窝里,怎么可能去想女儿会出事呢?他马上又睡着了。到了第二天早上,他才发现女儿死了,趴倒在床边的地板上,脸上全是血迹。

了解到这些之后,我突然感到万分疲惫。我甚至差点昏倒在这不祥的房间里。我快步走了出去,老头紧跟在后面。

"H先生!H先生!你去哪里?"

"我得回旅馆了。我想躺一下。"我头也不回地回答他。

"你只问这么一点吗?我还有很多东西要告诉你呢!"

"今天就到此为止吧——"我越走越快,我跑出他家的大门,他终于跟不上我了。

"一个好侦探是应该问很多问题的!我看到书上写过,那些侦探从不骂人,相反他们谦虚地提问,直到掌握所有情况,一个好侦探就应该是这样的……"他在后面大声地冲我喊道,使我觉得他正气势汹汹地朝我追杀过来。我不禁撒腿跑了起来,像一名运动员作出最后的冲刺那样。我飞快地连拐过几个街角，终于再也听不到他的声音了。

我回到旅馆的房间，正好是太阳落山时分。我观赏了一下这傍晚时的景象，然后就上床睡觉了。入睡前我模糊地产生了这样一个美妙的念头：破案的那天，我将在春天堡买一些纪念品带回去送给我的朋友们。

第二天我起得很早。那时天还没有大亮，整个春天堡仿佛隐藏在浓雾当中。大街上没有一个人影，也不见车子驶过。那些古老的房屋显得异常平静和松弛，因为连它们都还沉浸在酣睡中。我想：有谁知道我已经起床了呢？我往街上吐了口痰，有谁知道我曾在这里吐过痰呢？如果我现在走进一户人家里，把他们的女儿杀死——那又有谁会知道呢？啊，渺小的人哪，别人做了什么，你怎么会知道？

"站住！你是 H 侦探吗？"有人在我身后说话了。

我回头看到一个矮小的男人，手里拿着一顶西方人戴的黑色的圆礼帽。他向我走近两步，又把身子靠在一面墙上。

我想,这一定不是一个很好对付的家伙,因此我必须不能在他面前显得软弱,我默然望着他,等着他再度开口。

"我听别人说起过你。"他见我不回答,便继续说道,"我只是想问你一个问题,如果我现在对你说是我杀了那个女孩,你可不可以把我抓起来?如果我一口咬定是我杀的,光凭这一点,能不能证明我是凶手?"

我想了一下,说:"你为什么要问这个问题?"

"我曾多次对别人说那案子是我干的。我这样讲是为了寻找一点乐趣,纯粹是胡说八道。我想知道这样会不会对我造成不利。但是人们是有权利开玩笑的。如果你是一名好侦探,就不应该对此过于认真——它不足以成为证据。"

我心里暗暗叫苦,不知道怎样来跟这个讨厌的矮子周旋。他把礼帽住头上一扣,一双鹰一样的眼睛在帽沿下逼视着我。我开始显得胆怯,迟迟找不到合适的话来应答他更让我觉得心虚。我最后像一个傻瓜一样地问他:

"案发当晚你在干什么?"

他开心地笑了两声,然后说:"我每一个晚上都在睡觉。除此之外我不知道还能干些什么。"

"既然如此,我就不需要逮捕你,一个人在睡觉的时候是不可能杀人的。"

"哈哈!老实说我并不担心。你抓我,我也无所畏惧——那对我来说只能是另一种乐趣。"

我不再搭理他,转过身默默地走开了。我觉得我的身后正在悄悄地变成一片耻辱的海洋,随着我脚步向前迈进,那海洋在不断地扩大。我想我最好是不要回头。

"再见,H侦探!"从那海洋里传来他激昂的喊声,就像是人们临刑前的那种豪言壮语。而我只希望立刻把他忘掉。

太阳已经升起来了!它从我们的脑后升起,我看到我的影子,在地上摆着,像一根长长的竹竿。很快又多了一些竹竿,人们三三两两地来到街上。一些窗户打开了,似乎是这些建筑睁开的睡眼,有人一大早就开始祈祷:"啊!但愿……但愿……"

我漫无目的。当我意识到自己漫无目的的时候,我已经站在死者的家门口了。为了掩饰内心的沉闷,我使劲地用拳头敲打着那扇斑驳的古怪的木门。

我再一次用力地敲打。我想：也许他们一家人都被人杀死了吧。这时门缓缓地朝里开启了。一张魔鬼般狰狞的脸出现在我眼前。啊，这不正是凶手吗？我几乎不敢迈进一步，我甚至想立即转身逃走。但是他马上开口说话了："H先生！你已经查到谁是凶手了吗？"

我稍作镇定，我感到那凶手就在我心里，我不动声色地让他赶紧从那个地方溜走。我对他说："我想看一看死者，昨天我竟然忽略了这件事情。"

"你想看一看我的小乖乖？那是没有问题的，这说明你还是在用心调查这件案子的，不是吗？你应该多观察，多问一些问题……"

我径直走进死者的卧房。那个天堂里的女孩安静地躺在自己的床上，睡姿优美。我望着她的脸，那张脸除了平静之外，还令人惊讶地显得执拗，似乎是在向人们表明：她不接受自己的死亡，哪怕死了都不接受，因为那是难以置信的。她的眼睛已经闭合上了，这一点使我宽心了许多。她的胸脯使盖在她身上的被子微微隆起，呈现出完美的形式。我得剥掉她的衣服！我开始动手，老人在一旁急躁地抗议："先生！先生！……先生！"我粗鲁地把他锁在了门外。那门像鼓一样发出了叫人心跳加快的声音。在这紧迫的鼓声中，我小心翼翼地脱掉了小天使的白色衣裙。我想，就算她身上长着一对翅膀，我也会把它们卸下来。雪白的皮肤像一面镜子一样在我空空如也的脑中闪过。我发出了轻轻的赞叹。我闻到了一股桂花的浓香，再次发出赞叹。在这具完美的躯体面前，一切都不再令人觉得重要，我可以放弃自己的工作，让凶手逃走，我也可以立刻去死。这样的感动使我流下了空虚的眼泪。

时间过去了好几天，在春天堡的日子已经令我感到困倦。我每天只是应付式地与死者的邻居交谈一番，但是这些人非常谨慎，不敢多舌。甚至有人坦诚地向我流露出内心的担忧："如果我知道得很多，是不是说明我就是凶手呢？"我说："你是不是凶手，只有你自己是最清楚的。"有时我一整天都不工作，在那样的时候，我便频繁地光顾咖啡店，先喝一杯苦咖啡，再喝一杯加糖的咖啡。有一天傍晚，我坐在咖啡店里惬意地睡了过去。一个小伙子把我拍醒，他紧贴着我坐了下来，还用一只手揽住我的肩膀。"你为什么老是偷懒？你到现在连凶手的毛都没抓到，可你却不加大工作力度，反而成天在这里喝起了咖啡。你这样对得起谁呢？"他说着便尝了一口咖啡，"这东西有什么好喝的？"

我皱了皱眉头："你为什么这么关心这桩案子？"

"我为什么关心！老天在上，你这句话表明了你的态度。每个人都很关心，人们都是那么善良——"说到这里他把身子向后一倾，用充满怀疑的目光望着我，好像在说，相比之下我是多么缺乏善良。"——而我呢，我是死者的亲弟弟，从我一有记忆起，我就是和她睡在同一张床上，直到我十四岁那年，我父亲把我从她床上赶走。即使这样，我对她的依恋都是无法改变的。我爱她，我请你想象一下，她的死对我来说——请你想象一下吧！正因为这样，我那找出真凶的决心是多么大，而看到你在这里喝咖啡，我又是何等失望和愤怒！"

"啊？我怎么不知道死者还有一个弟弟呢？"

"你能知道什么？你从来都不怎么提问，好像等着真相自己来到你眼前，然后提醒你：我来了！说真的，你能知道什么呢——除了喝咖啡？"

我一脸苦笑，无从开口。我感到困难已经将我重重包围，并紧压在我身上。这些可恶的困难。我喝了一整天咖啡才培养起来的信心就像一个破了洞的气球，正在渐渐地萎缩。

"难道你已经没有信心了吗，侦探大人！"

他似乎存心想惹怒我，只要我一出口不逊，他便好揍我一顿。但我觉得他把我羞辱到这样的地步，我已经连生气的资格都没有了。我只有谦逊，谦逊，谦逊地，并且心里默念着——"谦逊！"

他又硬着头皮猛灌了两口咖啡。"我看出来了，你已经失去了信心。因为你在想着：为什么凶手还不来找我自首呢？你的装模作样没有把凶手吓倒，他现在说不定正在某个角落里偷笑呢。他看到上面派来的侦探的脑子已经被咖啡浇傻了，能不偷笑吗？"

这时，我头脑里出现了一张偷笑着的脸。我立即将它抓住，看清楚了。我对死者的弟弟说："我明天就把凶手找出来。"

他说："如果你明天能找出凶手，我请你喝一桶咖啡。"他站起来，走了出去。我顺着他的背影往外望去，才发现天已经完全黑了。从那漆黑的天空下，传来他痛恨的话语，就像一个父亲对不争气的儿子所说出的话："你还是那么固执，你拒绝改变。和你待了那么久，你都没有向我提出一个有助于破案的问题。你老是不喜欢提问……"

我冲着那声音的方向喊道："请你不要这样！难道软弱的人们不是因为有太多苦衷才会叫别人感到失望的吗？请你想想别的，请你试着想一想我是这个世界上最善良、最值得同情的人！"

我用最大的力气表达着我内心这些带着泪的想法，同时朝着门口疯狂地扑了出去。可是在外面，我再也找不到他，只有一些匆匆赶路的行人，在昏暗的路灯下，巧妙地掩饰着各自的脸。我渺视着这些飘来飘去的游魂：他们才是下定决心什么都不管的人。

接下来的一天，我去了罗大夫的五金店里。这是一个杂乱不堪的铺子，那些货物就像腊肉一样吊在天花板上。见到他的那一刻，我才明白，他一直都是我破案的希望。他把头靠过来，在我耳畔轻声说道："H先生，你的案子破了吗？"

我吓得倒退了一步，但是我很快就恢复了勇气。

"也许就在今天，今天你将看到凶手。"

"恐怕不会吧。"他摇着头。

"案子总会水落石出的，"我说，"既然如此，何不就在今天呢？正所谓择日不如撞日……也不必再感到如此疲惫啦，因为案子一破，凶手和侦探就会成为朋友，他们都将为终于不必再相互较量而感到解脱。"

"这个我倒相信。可是听说你并未掌握到一点线索，这对你来说可不是很乐观。"

"你认识死者吗？我想你可能知道一些情况。"

"我不认识，我毫无所知。我只是听说了一些情况。你可能觉得我就是凶手。说实话，每个人都有嫌疑——连你都有。要知道，不仅是坏人才会杀人。你是侦探，受上面的派遣，因此你现在有权怀疑我是凶手，并对我进行调查。但是，一个公民也有知道真相的权利，这样讲来，我也是可以审问你的，H先生。"

我沉着地说："你说得一点不错。但是那样会使事情麻烦得不得了，反而会将案件无期限地拖延下去。你想想，如果每个人都去调查此案，每个人都审问别人，同时自己也被审问，那还有完有了吗？"

他便大笑着对我说:"我只是同你开个玩笑,我的侦探先生!你为什么那么认真呢?说实话,我很高兴你能来调查我,因为这样,人们很快就将看到:我已经没有嫌疑了。审问对我们这些人来讲无疑是一种解放,从那被怀疑的无辜中解放出来。"

我尴尬地答道:"如果真是那样,我将感到万分荣幸。"

他又发出爽朗的笑声,眼里泛着忧郁的泪光。"你好像话不多,H先生。这使你不怎么像一名侦探。你还需要锻炼。"他迟疑了一下,接着说道,"我以前也是一名侦探,那时,我还没到春天堡来。后来为了一件案子,我才来到这里。我侦破过无数案子,我简直不明白这个世界上还有什么案子破不了的。不过春天堡的这桩案子令我陷入了困境,因为在这里,一个人做什么,别人多半是不知道的。我问了很多人,他们只会像白痴一样摇头,我气愤地对他们说:万一有一天你被人杀了,你还指望我查出凶手来吗?对于我的这个问题,他们还是像白痴一样摇头。我艰难地调查着那桩案子,不过我的希望也在每天增加,因为努力总不会是白费的。时间过去了一年,在这期间我娶了一个春天堡的女人做妻子。我一边过着幸福的日子，一边快乐地调查着案子。但是还没等我破案，我的妻子又奇怪地死了。我被悲痛吞噬了，在那样的悲痛中我深深体会到：对于一个深爱着死者的人来说，侦探是最不需要的，因为他横亘在死者和生者中间，显得荒谬而多余，对死者来说，他是无助的，对深爱死者的人来说，他简直就是一个莫大的讽刺。于是，我开始厌恶起自己侦探的身份来。从那以后，我不再做侦探。"

我沉默良久，在罗大夫的这番话中，我感到自己冰冷的心被融化了，并开始散发出热气来。这些真诚的语言令我如此快乐地消沉下去，我看到这样的消沉便是我得以逃脱的唯一的出口，是我全部的幸福。我甚至还想到：在以后，我将变得多么聪明！

"注意观察身边的每一个人，注意他们的每一句话，特别是要注意体会他们的感受。你还是大有前途的！"罗大夫作了这样的总结。

我同罗大夫紧紧地拥抱，他在我耳边送上最后一句话："难道你还不明白吗！"

我精疲力竭地回到旅馆。从窗子外面吹进来的风令我打了一个大大的寒噤。我回想起各种事情,仔细地回忆起幸福是怎样从我身边溜走的,而美好的青春又是怎样被我自己糟蹋掉的。我从窗口望去,春天堡像一个孤独的老人,他享受着这样的孤独,连幸福都不想要了。寒冷侵入了我的骨髓。

还没等到天黑,我就上床睡觉了。我盖了两床棉被,但还是冷得发抖。我在被窝里翻来覆去,脑子里不断地想着:我没有病,我没有病。我清楚地看到:我将在这个夜里死去。最后的机会都没有了,因为我对什么都不曾珍惜,所以我将在我醒悟时受到严厉的惩罚。我的忏悔也是无力的。

当我醒来时,有人给我送来了一封信。是死者的弟弟写给我的。他在信中指责我是一个无耻的家伙,一个滥用别人的信任不负责任地作出承诺的渎圣者。因为我不但没有半点本领,甚至连做人的尊严也不具备。

啊,还要折磨我吗?但是我决心不让他得逞。我决不恼怒。我立即把这封信抛到了脑后。我起了床,向市图书馆赶去。到了图书馆门口,我甚为吃惊,因为它看起来就像一座过于奢华的花园。白色的大理石柱高耸入云，院子里百合花盛开，飞鸟成群。我走进这座建筑的大门，一股远古时代的清香气息将我包围，令人心旌摇曳。难道从这里出去的人不是应该永生的吗？无论罪恶和死亡，都挤不进这扇永恒的大门的呀。一名俊美的少年（雅典的衣着更增添了他非凡的气质）向我微笑道："欢迎你，H先生！"

我对他报以舒心的一笑："我想找你们馆长。"

"那人早已在等你的呀。"

我惊诧不已，但我来不及多想，因为这美少年又说："瞧，我们馆长亲自来迎接你了！"

我抬头一看，一位慈祥的夫人微笑而严肃地向我走来。黑色的、宽松的衣服使她的身躯显得不甚真实。但那衣服上精致的皱褶足以震慑任何平常的人。她的步伐多么有力啊，似乎是大地在她脚下自己挪了过去。她的目光仁慈，而又穿透一切，就好像是善良所具有的一种罕见的力量。

"我的孩子！"她这样称呼我，"你必须坚强，因为你不仅是在帮我，也是在帮你自己。也许有人已经开始对你不敬了，但他们是浅薄的，因为他们忘了自己也是有过失的。你啊，唯有相信自己。"

我热泪盈眶,那充满着人性的呼唤立即使我忘掉了疲劳和耻辱,我感激地对她说:"我应该相信您!"

她优美地叹了一口气,说:"我吃过的苦比你多,我的孩子。我忍受过的耻辱是你们不敢想象的。你还年轻,甚至还不知道有谁将会背叛你。但是只要你不对自己的良心撒谎,别人是无法将你玷污的。"

我迷惑地问她:"但有人——也许她从未违背过自己的良心,也从未不利于别人——却被人杀死,这是为什么?她本应得到最好的回报,因为她无比美丽,但是人们却送给她死亡,这究竟是怎么回事呢?"

"但是她并不会死,她会变成一朵百合花,一代一代地繁衍,而活得更长。就像我那可怜的孩子,她已经变成了天使,比以前更美,没有人能不赞叹。哦,我有点累了,我想休息一下。"馆长转身离去,她留给我的那沉着而隽永的背影似乎在向我保证她所说的每一句话都是至高的真理。

那美少年在一旁窃笑,他告诉我:"我们馆长经常是这样,从不把话说完。"

而我却想:多么可敬的一位夫人啊,这一点光从她的外表就可以看出来。而她的穿着又是多么整齐伶俐啊。

在我住的旅馆的房间隔壁,老是传来一些委琐的声音,但这一直没有引起我的注意。有一天,我起床后没关门就去买早点。回来时我发现我的日记本不见了。我吃完早点,准备出去。经过隔壁房间时发现那门没关,便好奇地往里面瞟了一眼。我竟然看到我不见了的日记本就摆在那桌子上。我气愤地走了进去,屋子里空无一人,我正欲伸手去拿那本子时,有人从我身后用手蒙住了我的眼睛。我顿时紧张起来,抓住了那双手。于是听到了一个女人咯咯的笑声。她从背后将我抱住,用手挠着我的胳肢窝,见我毫无反应,她便失望地说:"没趣!"她把我放开,开始抽起了烟。我拿起那本日记,原来真的是我的。"为什么偷我的日记本?"

她吐了一个烟圈,懒懒地说:"不是我偷的。"然后她又上前来紧贴在我身上,十分认真地说:"请带我走吧!我们一起离开春天堡——这个丑陋的地方。"

这时,门口传来了脚步声。她赶紧从我身边离开，坐在了离我足够远的一张椅子上。先是一个影子晃进来，接着那人就出现了。

"原来是你。"他说，却并不惊讶。我再仔细地看了一眼，才认出他就是那天清早在街上使我为难的那个戴圆礼帽的矮个子男人。他今天并没有戴礼帽。我厌恶地对他说："你这无聊的家伙，为什么还来缠着我？"

他作出一副无辜的样子，"你误会我了，H侦探。这是我的房间，我住在这里有很多天了。"

尽管他语气平淡，但还是令我无比狼狈。他故意装得平静，其实只是为了使讽刺的效果更加明显。

我故作镇定地四处打量着房间，然后瞪着一幅挂在墙上的油画说道："哦，原来你也不是本地人。"

"错了。"他那具有讽刺意味的声音立刻响起，就像弹簧一样反应灵敏。"我是春天堡人，我在这里出生，在这里长大，然后在这里成家。我甚至还没离开过春天堡呢！"

我说："那你为什么还住旅馆呢？"

"这不是为了养这个婊子嘛。"我惊讶地将目光从那幅油画上移开，发现他们已经吻在了一起。我看到那个女人正在用力地朝他身上挤去,她就像一头恼怒的狮子,忘记了一切似的把嘴往男人的脸上、鼻头上盖去,盖上去,似乎她的每个吻都充满了无限的感激。在这巨大的感激中,那个矮小的男人反而显得微不足道了。我觉得他是多么的可怜。他好不容易才从女人的怀抱中挣脱开来,他用手抹着嘴唇和脸,对我说:"你的日记写得很有意思。但是你这个人却没有一点意思,为什么不放开一点呢?就当活着是一场盛大的玩笑,如果你不想被生活捉弄,你就只有捉弄生活。活着还有什么是大不了的吗?你整天愁眉苦脸的,你在乎什么呢?你瞧我,就算碰上了魔鬼,我也会把他的裤子脱下来以求开心。"

我说:"我做不到,我永远做不到!"

"你太笨了!"他用一种品尝红酒时的陶醉的表情说着,"你太笨!我该怎么帮助你呢?我早就说过,你可以把我当作凶手抓起来。对我来说,是不是凶手并不重要,重要的是:乐趣!难道凶手对你来说就那么重要吗?如果是,那么你现在就把我抓起来吧。我真是对你完全失去信心了。"

我夺门而逃。"你别走!"他叫了起来,"我会一直住在这里的，我会看着你……"

我逃回自己的房间，猛地把门关上，心还在怦怦直跳。隔壁又传来了那些委琐的声音。而这时，我接到了上面打来的电话。

"案子查得怎么样了？"

"一切顺利。"我小心地选择着词句。"虽然有点棘手，但应该不成问题的。"

"我想听的不是这些。你对案子有什么看法？死者生前的情况，她的家人属于什么样的人？你觉得哪些人的嫌疑最大？他们有何动机？你将采取什么措施去对付这些人？"

我说："那不是一时可以说清楚的。"

"H，那我问你，死者多大年龄？"

"不知道。这个重要吗？"

"死者的母亲是做什么的？"

"我没见过她母亲。"

"那死者生前怀着身孕你又知不知道呢？"

"什么！从没有人说起过……"

"H，你什么都不知道！你在那里每天干些什么？很多情况连我们都知道了，而你却像一个傻瓜一样一无所知，你怎么破案呀？每天喝喝咖啡就能破案吗？请你自重吧！"

我气急败坏地说："既然这样，你们干吗还派我到这里来？既然你们在千里之外照样可以知道一切，你们干吗不自己侦案呢？我像个傻瓜，是因为你们一开始就把我当成了傻瓜。其实我的工作并不重要，因为你们另有安排，难道不是吗？"

"H先生，我现在正式解雇你。你在春天堡可以天天喝咖啡了。"

"喂！喂！"那边已经把电话挂断，但我还是大声地喊着，"你们才是不负责任的家伙，你们叫人干这干那，但是你们自己干什么却从不需要征得别人同意，你们以为自己就是上帝，真是不要脸！"

但是，我还是轻松了许多。我早就知道我将破不了案。而我对这个案子也早已感到厌倦了。我来到大街上，好奇地看着春天堡的街道和房屋，就好像我是刚刚才来到这个新鲜的城市。人们的脸在阳光下移动，这是这些天来多么真实的一幅画面啊。接着我到咖啡店里坐了一整天。

天黑的时候，我却突然想再到死者的家里去看一看。哈，就算去对那老头说声对不起也好啊，因为我已经打算离开春天堡了。

在通往那座房屋的路上，我所碰到的每一个人都不敢看我。我想，说不定还有什么阴谋呢？得小心啊！然而，随着那目的地越来越近，我心中的压抑也变得无法承受。在一棵橄榄树下，我伏身痛哭起来，因为我突然觉得这身边的土地是多么陌生，而我的朋友和敌人又是多么捉摸不定。我呼唤一种伟大的而万能的力量将我解救，但我呼唤到的却是一阵凄冷的骤雨。我奔跑起来，而那静穆的灯光已经在我眼前闪耀着了。我鼓起勇气，毫不犹豫地踏了进去，这里正准备晚餐。出来迎接的是死者的父亲，他今晚称我为"哥们"。"哥们，你来的正是时候。"他就像做了什么亏心事一样不断地干笑着。"就在这里吃晚饭吧，我们准备了葡萄酒。"

我向屋里探望，一具端庄的身躯正坐在餐桌正中央，她的头顶上方便是那静穆的灯光。

"啊，馆长！您也在这里吗？"我认出了这位可敬的夫人。

"这是我的家。"馆长庄严地说道，"躺在那里的是我的孩子。"

"原来您就是死者的母亲！"

"她是一个疯婆子！"老头恶狠狠地说。他已经把酒和羊肉端上来了。

"为什么？我看她应该是一位通晓事理的夫人，她说的话使人忘掉苦难和不幸。"我立即进行了反驳。

老头用一只碟子挡住了自己的脸，在我耳边悄声告诉我："她乱花钱！你看她身上穿的衣服，她以为自己是图书馆的馆长，所以就得穿很贵的衣服。她太离谱了。那些钱还不如拿给街上的乞丐。"

我们在餐桌前坐了下来。我和老头坐在长桌子的两头，馆长坐在原来的位置。

"儿子呢？"馆长问道，她的脸已变得阴沉。

"不知道上哪去了。也许是去打牌了。"老头开始往玻璃杯里倒酒。

"你们讨厌我。"馆长说，"不管你们承不承认，你们当中至少有一个人是非常讨厌我的，也许希望我死。已经厌恶到了这样的地步。你们每天在外人面前说我的闲话，说我乱花钱，或者说我出身卑微，不懂规矩。女儿在的时候，她并不是很喜欢我，但是她还是得尊重我，因为我们是一家人，也因为我爱她，无私地爱她，她的死简直令我伤透了心。我们是一家人，我也爱你们，我从不曾对你们不善，但是你们却开始讨厌我了。"

"你说的是我吗，馆长大人？"老头把一块羊肉塞到嘴里，嬉皮笑脸地说。"你可真是冤枉好人哪。"

我实在看不下去了。啊，丑恶的春天堡，你养育了一群恶人！我站起来说："夫人，从我见到您，聆听了您的授话，我就一直相信您，无比敬爱您，我不知道别人会找出什么理由来讨厌您。"

"H 先生，你心地善良。"馆长望着我的双眼，很有把握地说，"但你从来都不坚定。不用等到明天，你就会开始讨厌我。"

这番话真是让我自讨没趣。我低下了胀胀的脑袋，无精打采，就像一个被击中了要害的人，脸上流露出痛苦和迷惘的表情。

"老头，还要喝一杯吗？"馆长已经亲自抓起了酒瓶。

"我已经够了。我亲爱的老婆。你难道要我发誓吗？来吧，让我在你那张生气了的脸上亲一口。我是多么想亲吻你的脸,就像我们年轻时那样,就像我们的女儿亲吻我的老脸那样。如果我这样、这样、这样的亲吻你的脸,你还会怀疑我吗?"

这时,我似乎在冥冥中得到了神的指示一样清楚地看到:我离开春天堡的时日已经到来了。快快快!我得马上动身,穿过漫长而灰暗的街道,摆脱掉皮条客们的纠缠,登上连夜开往海边的客车。

2005年,毕节、遵义

越来越死

我估摸应该是在凌晨三点钟左右,我的大脑呈现出异常清醒的状态。在此之前,我背靠床头半躺着,眼睛一直盯着黑暗中正前方的某一个点。使我意识到自己突然变得清醒起来的,是我发现我一直盯着的那个地方,黑色呈多个层次分布——而且这一点并非很难发现。通常都睡得很死的妻子突然开口说话了:"我发现要想做好一件事,首先得对它感兴趣,睡觉也是,你得喜欢睡觉才行。"

"呵呵。"我说。

"你怎么不问人家咋还没睡嘛!"品把大腿挪到我的肚子上蹭了蹭,开始撒起娇来。

"你怎么还没睡,亲爱的?"

她沮丧地说："我也失眠了。"

从这一刻起，我似乎产生了一种奇怪的感觉，妻子应该也产生了同样的感觉。我觉得我和品已经是心心相通：我们预感到在我们之间即将开始一场游戏，我们都很想把这个游戏玩好，似乎有个声音在提醒我们——你首先得喜欢这个游戏。看来，我们之间的默契已经不成问题，这默契如同一个假设，它有着事实一般的力量。我在黑暗中笑了，因为我猜测到：同家里的任何事情一样，这场游戏将由品来宣布开始。果然，品热烈地扭着她的身躯，娇滴滴地说："H，我想拉尿！"我懒洋洋地欠身摁亮了床头灯，我知道开灯是一个不可缺少的假惺惺的步骤，虽然它将带来的附加效果（灯光）是不需要的，而且是与预期效果相悖的。我看到品羞涩地笑了，她用手遮住自己的眼睛："不准开灯。"事情到此，我还是非常满意的，我毫无怨言地把灯关了。我将一只手绕到她的腰后，她就像一部被触动了开关的机器，把身体蜷成很小的一团，曲起的腿搁在我的另一只手臂上，我一用劲，抱起了她。这时她应该笑，于是她就咯咯地笑了。她幸福地说："我好像又变成了情窦初开的少女。"虽然我们之间已经产生了强烈的心电感应，但我们都不知道接下来会发生什么，因此我们轻松的心情中又夹杂着一丝不安。

我抱着品摸索着出了卧室，走进客厅。刚探出几步，我就踩住了答答的尾巴，那畜生一声谨慎的惨叫，跳起来几乎咬我一口。可是它闻出了我身上的气味，因此在用尖牙挂破我的睡裤之后，就疯狂地蹿出阳台，跑到屋顶上去了，过了很久还能听到它抱怨与不理解的吠声。品平时最心疼这条狗了，但这一次她并没有骂我，她只是哈哈大笑："哦，答答！"我心里还是有些许的不平，因为我都差点被这畜生伤着了，她却如此粗心地忽略了我的安危。正当我这样想的时候，品搂住我的脖子说："答答是不会咬你的。"我觉得我们越发喜欢这游戏了。

"让我们找找看厕所在哪里。"我试探着说了一句。

品在我脸上轻轻了咬了一下，又"呸呸"地吐掉舌尖上的口水。可以看出，她很高兴我能含蓄地提出这一建议，欢喜得无所适从。

其实我们闭着眼睛也能找到厕所，但我们当中必须有一个人要假装找不到厕所。我把品放到了地上，然后快速地闪进窗帘后面。品简直急疯掉了，她（站在黑暗的舞台中央）毫不掩饰地大哭起来，像一个丧失了一切的女人。我的出现需要滞后，必须在她绝望的时候，那样对她来说惊喜就会更大。品的痛哭一点也不像是在敷衍，有那么一阵子，我担心她会吵到熟睡中的邻居。于是我像个幽灵般循声来到她面前（我担心我出现得是不是太快了点），我压着嗓子，用一种陌生而低沉的声音问她："你为哪样哭？"

"我想拉尿！"她神经质地抓住我的手，搞得我差点失声大笑。但我只是苦笑了一下，继续问她："你一定是找不到厕所吧，小姑娘？"

她哽咽着说："我找了很久的厕所，我总是不合时宜地想拉尿，我不知道有没有人像我一样，不停地找厕所。莫非你……"我们不知不觉地搂在了一起，品低声泣诉着她生理上的灾难，而对于一个必须显得成熟和内敛的男人来说，我只有通过不断抚摸她的背脊这一意味深长又不显啰唆的动作来深表同情。

（我开始对她产生了一些小小的妒忌，因为她表现得比我真实，她的台词比我的精彩，这很可能是不合理的安排所致。要玩好这个游戏，两个人必须有同样出色的表现……）

我竟然一直没有发现，我这个角色是苍白的。我因为缺少精神层面的挖掘，而立不住脚。于是在陪她找厕所的路上（我带着她先后去了阳台、厨房、卧室，最后在卫生间里找到了厕所）滔滔不绝地发表了一大篇抒情，我对品说："我们一直找不到厕所，这可能是因为天黑了的缘故。一个人找厕所是很难忘的经历，但在夜里，同一位勇敢的男士一块找厕所，你感想如何呢？我们经历的事情还是太少了，以至于往往不敢大胆地去评价某些事情。比如在黑夜，你的出现和绝望的哭泣，我恐怕一辈子也说不清楚它对我造成的冲击，我当时只感觉到我肯定得放弃某些原有的准备，我甚至不知道自己是不是真的甘心这样做。因为万一我被你漠视，那对我的一生来讲，都不是什么光彩的事情。虽然你现在搂着我，很可能接下来还会亲吻我——你会吗——但是你找不到一种安全有效的办法化解我心中的坚冰（这就有点像背台词啦），你肯定能明白我的意思吗？"

这时她又带着哭腔大声嚷起来："拜托你快点，

我憋不住了！"当时我们已经站在卫生间门口了，我伸手扭开了门把手："喏，找到了。"看来她真的是被尿憋坏了，急匆匆地撒手放开了我（我甚至觉得她像一条恩将仇报的蛇，用力推了我一把），要往厕所里钻。我一把拉住她的手臂，傲慢地请求她："让门开着。要么让我也进去。"

"啊呀，不行！"她果断地拒绝了我。

失败感笼罩着我，我的眼泪汹涌而出。品趁这个机会猛地关上了厕所门，并将门反锁了。她在里面开了灯，透过朦胧的雕花玻璃，我只看到一团巨大的模糊的黑色，那是她的头发。为了掩饰拉尿时羞死人的声音，她大声地哼起歌来。她哼的是一首从某部电影里学来的由一位流浪的吉卜赛女郎演唱的悲惨的曲子，似乎在表明她目前危险的处境：她无依无靠地流浪在异乡，因为丑恶的生理代谢，不得不在夜幕下寻觅着厕所，承受着某个守在厕所门外的陌生男子给她造成的威胁。

这不祥的歌声感染着我，我不得不昧着良心和冒着犯规的危险提醒她不要过于迷恋自己的角色，不要陷得太深。我说出这些话叫我自己听了也甚感惊讶，因为从游戏开始到现在，我们嘴里都没有冒出像"角色"和"陷"这样露骨的词。这些话对我们玩这游戏的信心造成了很大的打击。

可以肯定的是，她的自尊（或者是我们合为一体的自尊在她那里）受到了刺激。她变得沉默了。我本应该立刻向她道歉，但有好几个原因使得我没有这样做。一是我不知道为了什么而道歉；二是道歉会使我变得被动；三也是最重要的是道歉可能会比不道歉的效果更糟。

我越来越不明了后面的内容了，看来我果然陷入了被动的处境，而不仅仅是一种担忧。对于品会不会从厕所里出来，或者她会不会死在厕所里，我毫无把握。她连厕所灯也关了，一切又重新溶入夜的颜色中。

品，你还在里面吗？

在——我很困了。她疲倦地说。

那你出来吧，我们去睡。

我不想出来，我就待在厕所里。我刚才在里面已经睡过一觉了。

那你让我进去吧。

里面太窄，你进来我会睡不着。

我尊重你的意愿，可是我现在很想你啊。

又没了回应，我猜想她正在里面策划着逃走。客厅里传来风吹过的声音，紧接着答答在某个角落轻微地咳嗽几声。"答答，过来。"我叫唤。品立刻有了反应，她语气坚定："这件事与答答无关。"我没有搭腔，答答打着哈欠磨蹭到我脚边，我使着性子踢了它一脚。它尖锐地叫了一声，转身跑进客厅，我撵了出去。那一刻，我好像也变成了一条狗，虽然屋子里乌漆墨黑，但我能闻出答答身上的气味。后来肯定是这样的：它跳上了沙发，柔软的沙发面绊倒了它。我扑了上去，狗的气味扑鼻而来。我掐住了答答的脖子，同时我灵敏的耳朵听到厕所门发出一声难以察觉的响动。我把答答从阳台上扔了出去，两秒钟后传来含糊的坠地声。我赶到卫生间时，发现厕所门开着，品已经消失得无影无踪。我用力闻了闻，品的气味夹在一股尿骚味里面，立即弥漫开来，这为我寻找她的踪迹设下了障碍。

一场你死我活的相互谋杀开始了，这很像小时候我和小伙伴们玩的一种游戏，躲在暗处的两个人，小心翼翼地搜寻和掩藏，先被发现的那个必死无疑。我尽量放轻脚步，竖起耳朵在各个房间里溜进溜出，我感觉自己已经变成了一束月光，可以从这一头照射出去，在与物产生碰撞之前，我是不确定的。其实，虽然我缓慢地朝前探出步子，但我的注意力却全部放在我的后脑勺上，一根细小的血管在那里以冷静的节奏一胀一缩。一盏路灯的光正好透过敞开的窗子投射到厨房的墙壁上，也照亮了半边地板。我马上警觉地注意到：菜刀不见了。当时我一向比较信赖的后脑勺竟然产生了错觉（感觉就像咚地掉进了轻微的死亡，并且越来越死），但后脑勺的失职并没有引起我的愤怒，因为我完全能理解菜刀无缘无故地失踪给它造成的压力。我拍了拍后脑勺，鼓励它要镇定。在确定暂时没有危险存在的情况下，我做出一个决定：打开厨房的灯。光线一刹那间以土匪的姿态亮出了身份，并围绕着我。我感觉自己是突然出现在了厨房里，竟洋洋得意起来。看来菜刀的确是品拿走了，她熟悉厨房里的一切，也可能一生都只对菜刀和铁锅怀有深沉的感情，在危急关头，她怀念起这些铁哥们的好处来了。但是她已经撤离了厨房，甚至有可能无处不在。我灵敏的鼻子已经不起作用了。

厨房的灯光消灭了路灯的光，并涌出大门，在漆黑的客厅里投下一个长方形的光块（并像蒸腾的水汽一样映得整个客厅不那么漆黑了），我的影子嵌在其中，影子比我本人显得犹豫。我干脆把客厅的灯也开了，接着我把所有的灯都开了。我想到书房里还有一盏台灯，也走进去把它摁亮。

可当我从书房出来，发现厨房的灯已经被谁（肯定是品）关掉了，等我走进厨房，将灯再度打开时，阳台上传来品的叫声："下雨啦！"紧接着，阳台的灯熄了。我顺手从炉子边上拎起一把火钳，冲到阳台上。我还没来得及把灯摁亮，卧室的墙壁上像是从内部发出了品磨着菜刀的声音，她用一种沉醉在回忆中的口吻说："……你陪我去菜市场……那些被斩首的草鱼……猛地抽搐……"卧室的灯也像一个人慢慢死去那样渐暗且熄灭了。

我再也懒得去理那些灯（有时它们又会自己亮起来）。我故意踉跄地走了两步，用手拨开那些嘻嘻哈哈、躲躲藏藏的光线，大声地说："先让我抽根烟行吗？"

"烟在冰箱里。"品同时在四个角落说。

"谢谢。"我说。然后,就心满意足地躺倒在沙发上抽起烟来。全部的灯一盏一盏地熄了。当我用口水淬灭烟头时,品在床上播放出悠扬的鼾声。

黎明时分最初的光,确实很像死人的脸。

2006年,贵阳

途 中

等一下……

好了。刚才我去开了音乐——我当时所听的音乐。昨天早上，我坐在一辆从半途中（一个被改变的主意）登上的公交车，去公司，在头一天晚上，我和女友在街上放肆地大笑。我面带微笑，阳光洒满半条马路，公交车行驶在有阴影的一半。无论景色怎么变化，我终始坐在阴影里，阳光切割着路面，双黄线以外是另一种颜色，光线中的平面比阴影中的平面稍显得凸起，细小的物体在它们一动不动待着的地方晾着它们的影子。阳台的影子、树干的影子、玻璃窗淡淡的影子，流动起来了，在速度与音乐中，一个影子叠住了别的物体的影子。奇怪（一个刚巧被碰响在耳廓里的、细小得像粉末一样的音符使得"奇怪"这两字显得软绵绵的，无法激动起来）——突然到来的结局，我总是已经知道它很久了，正如把记忆与担忧晾在光线中，投出的影子像布匹，结局就是那些横的竖的丝线。头天晚上，我在大笑，我可怜那些不了解我的人，可怜那些逼近来的结局被织得如此怪异。树冠厌恶地摇头。这个姿势很舒服啊，斜坐着，微抬起头，目光像一把钝的锉刀，轻抵着对面的墙壁，当车子行走，它在墙面上刻画出一条痕迹。对面驶来的车浸在薄薄的阳光中，每隔两秒钟将光线反射到我眼睛里，我用慢动作合上眼睑，片刻，在暗红色中感到睫毛上一片冷清时，又用慢动作将眼睛睁开。那墙面上，那面被阳光咬得满脸发亮、轻盈得要飞起来的墙面上，一些阳台和窗口奇怪地黯淡着，正像是它们——这一块块方形、阴沉的巧克力糖果，拽住了这面像孩子一样正要垂直升起来的墙。所有的窗口自觉地模糊了，只有五楼中间的一个窗户大开的阳台像一盏灯笼一样被竹竿挑了出来，挂在墙外。它伸到了我眼前，我开始看它时，还是模糊。但模糊是必要的，它像一个谎言，裸露在阳光中而自身沉暗。比喻消失后，阳台退回墙面，试图与别的窗口混淆起来。我拉长了焦距，目光像手臂一样掏进了它的黑暗的中心，那个模糊的东西，挂在阳台的内部，中心位置上是一圈夹子上晾着的内衣和裤衩，看不出颜色。而它在不起眼的边上：那个模糊的灰色东西，那个谎言一样的东西是一颗已经失去了最后一丝尽力保留的表情的人头，一个已经停止流血的女人的头颅，脖子部分被切割得十分整齐。它挂在阳台内的晾衣杆上，长发垂下来，长过被切断的脖子边缘。脸朝外，望着路人：阴影中挪动的车厢内木木地坐着的路人。当车子驶过这面墙，我扭过头，继续朝后望着那个阳台，被阳光跳跃的墙面所掩盖的阳台。我想，发生了什么？那家的男人将自己的妻子杀死了吗？为什么要将她的头挂在阳台上，让她毫无生气的脸俯瞰着机器传送带一样的马路？她的嘴微微张开。阳光像一群束手无策的蚂蚁，布满整个墙面，尤其是在这个阳台的豁口边缘聚集着，骚动着，好像是要想办法冲进去，照亮那颗沉闷空气中晾着的人头——这时，滑滑的音乐中的一个高潮顺着某些肉质管道侵占了我的大脑。

2007年，杭州

幽默故事

天气非常不错,我也不怎么咳嗽了,于是应我女儿的请求,我陪她去医院打胎。我笑嘻嘻地对我这个女儿说:"老爸还没经历过这种事情呢。"女儿也兴奋得不得了,她逗我说:"老爸,你可千万别太紧张哦!"紧张倒说不上,不过有点激动罢了。

那天刚好是赶集,我和女儿摇摇摆摆地走在乡间的柏油马路上。我记得我年轻时,这条路的皮肤是黄黄的,肿肿的,像得了肝病一样。但现在呢,光滑,黑得发亮。我觉得这条路真是越活越年轻了。女儿一路上蹦蹦跳跳,还轻巧地逮住几只飞到她眼前的蝴蝶。她把那些漂亮的蝴蝶的头拧下来,举到鼻子跟前,噘起嘴唇说:"啊哟,小姑娘,你的裙子呢,到哪里去了？"她一直都是这么可爱。这十八年来，她带给我无数的欢笑。

"爸，你看你走路！你怎么像一个老头？"

"我最大的孙子都念高中了，我最小的女儿都十八岁了，我本来就是一个老头子。"

"爸，你看你走路！你怎么像一个农民？"

"你老爸种了几十年的地，再没有悟性，也该像个农民啰……"

我的女儿就是这么逗我开心的。如果她对我毕恭毕敬，对我就像她娘那样不管天冷天热只会一个劲地叫我多穿衣服，我反而不会这么开心。

那天不是赶集吗？很多认识的人都走在那条柏油路上。男的就挑着猪崽去卖，女的就挑着白菜去卖。他们被肩上的担子压着，哪里走得过我们父女俩。我们健步如飞，一下子就超过一拨人，一下子又超过一拨。他们涨红了脸，羡慕地看着我们父女走到了他们前头，就好奇地问："你们去赶集怎么不挑东西去卖呢？你们家的猪崽不是也出栏了吗？"

我乐呵呵地说："我们不去赶集，我们是去打胎！"

他们说："老汉，你也去打胎吗？"

"我不打,哈哈,我女儿打。我陪她。"

他们说:"打胎?好啊。你们家的猪崽长多大了?你们今年的禾秧用的是什么肥料啊?"

我哪有耐心跟他们说这些?我一说,他们又会没完没了地问下去,他们会问明年的禾秧用什么肥料好,十年后又该用哪一种。他们老是这样问,我老是回答,那我们就会走得跟他们一样慢,我就会感到自己好像也挑了一担猪崽。我们轻快地走到了前头,我女儿跟他们挥了挥手:"叔叔再见!"

我们又赶上一群老女人,她们挑着一担白菜就像没挑什么东西一样,我和女儿费了好大的劲才赶上她们。"你们的身子骨可硬朗啦!"我在她们背后大声说。她们全部把头扭过来,身子却在继续朝前走,看上去就像是在退着走一样。她们那高兴劲啊,简直没办法形容。她们一想到白菜能卖两毛钱一斤,就高兴得吃不下饭。有人说她们身体好,她们就更高兴了。她们高兴地说:"还死不了!"我说:"你们太谦虚啦!你们至少还没做好棺材,我的棺材放在楼上都已经盖满灰尘了。"她们说:"谁叫你那么早就做?不是告诉过你晚点做会便宜一点的吗?这年头,什么东西都在跌价,以前白菜能卖二毛五,现在只能卖两毛钱了。"我说:"这么说,我太后悔啦。"她们又好奇地问:"你们父女俩去散步吗?"我一听就知道这是句幽默的话,便笑了:"不是!我们去打胎呢!"

"老头,你打什么胎啊?"

"不是我打,哈哈,是我女儿打。我陪她。"

"打胎啊,好啊……"

我又问她们:"你们打过胎吗?"

她们都说没有。不过刚说过没有,有两个老女人却像突然想起什么似的说:"噢,打过一次。不过我那是在结婚之后,不是不准生了吗?"

我说:"是这样啊!你们家的猪崽长多大了?你们家的禾秧今年用的是什么肥料啊?"

她们说:"今年还是跟去年一样用钾肥,不过听说明年就不能再用了,得用复合肥,后年嘛,最好多撒点尿素,大后年得用磷肥……"

我不想一直听她们说下去。和她们已经说了太多的话啦。我女儿礼貌地跟她们说再见的时候,她们正在说第八年要用的肥料。

我和我女儿已经是手牵手地走在了柏油路上。我和女儿的亲密程度已经找不到形容的句子了,因为我是她老爸,如果我不是她老爸,我会这样来形容我和她走在柏油路上的情形:我们亲密得就像我是她老爸。

女儿跟我无话不谈,她问起我,像她这么大时我在干什么。我说我在读大学。"读完大学呢?""我在种田。"女儿高兴地说,这跟她想象中的一模一样。

我叫她想象一下,像我这么大时,她会在做什么。她说:"走在这条路上,陪我女儿去打胎。"

我说:"可惜那时我不能陪你们一起去了。"

她说:"你放心,她爸爸会陪她一起去的。"

我们就这样走在那条漆黑的柏油路上。那条路真黑啊,真是黑到我心里去了。黑得我发疯一样地快活。

我们走进热闹的集市。

卖镰刀的老头见了我,冲着我喊:"老汉,去打胎啊,买把镰刀吧。"

我说:"不买了。我们家的镰刀多得都可以拿来卖了。"

他说:"你还是那么幽默。"

我对女儿说："消息传得真快啊……"

女儿说："是有点快。"

我们跟卖镰刀的老头说了声再见。

卖酱油的又把我拉过去："你们这么快就打完胎了吗，称些酱油回去吧。"

我说："不称了，上次你的酱油打折，我一次称了一百斤，可以吃上好几年了。"

他说："这次更便宜。"

我对我女儿说："我们又吃亏了。"

女儿说："确实吃亏了。"

我们不想跟这种奸商说再见。

我和女儿到了医院。一名老医生说："你们是来打胎的吧，进来吧。"

我对女儿说："你自己进去吧，老爸就不好进去了。"

女儿说："看你说的。"

女儿躺在一张白色的床上被推了进去。然后又躺在一张黑色的床上被推了出来。

老医生说："老汉，你女儿死了。"

我说："怎么死了呢，叫你们打胎，又不是打我女儿。"

他说:"我也没有办法。"

我说:"那现在怎么办?"

他说:"弄回去,埋掉。"

我借来一辆板车,把女儿抱上去,然后推着她走在乡间的黑色的柏油路上,往家的方向走。

迎面仍有赶集的人走来。男人就挑着猪崽来卖,女人就挑着白菜来卖。因为我们走的方向不同,所以不用追赶都会碰上。

"老汉,这么早就赶完集了?"他们好奇地问。

"我不是去赶集,是去打胎啊。"

"你也去打胎?"

"是我女儿打,我陪她。"

"你女儿呢?她怎么躺在板车上?"

"她死啦。"

"死了吗。你们家的猪崽长多大……"

不久,又碰到一群挑着白菜来卖的老女人。她们急急忙忙地往前赶。

"你们现在才去,只能卖到一毛五喽。"我对她们说。

"是呀,可真是急死我们了,你就卖完了吗?"

"我没去赶集,我去打胎啦。"

"你可真会说笑话,你打什么胎嘛。"

"不是我打,是我女儿打。"

"你女儿呢?她睡着了吗?"

"她死啦。"

"死啦?有没有棺材哪?"

"有一副。放在楼上,本来是为我准备的,现在只好给她用了。"

"那只能这样了。听说明年的禾秧只能用复合肥,是不是真的啊?"

"是啊。后年就要以尿素为主,大后年……"

我还想说下去,可是她们已经走远了。

2005 年,安顺

林中奇遇

在树林中散步的时候,我发现这里正在准备执行死刑。行刑队的几个小伙子一边检查着枪支一边热闹地谈着闲。草地上放着他们饮过的汽水。一个英俊的小伙子发现了我,他提着枪满脸笑容地向我打招呼。

我本来想避开这种场面,但现在也只能停下来同他聊上几句了。

——他们是什么人?犯了什么罪?

——他们没犯罪。

——是谁决定他们得死?

——我们的主人,他住在一幢漂亮的别墅里。

——你们的主人?他是什么样的人?

——我不知道!我们没见过他。

——他有权宣判死刑吗？

——当然有。他有绝对的权力。

——你们乐意干此事？

——十分乐意。这是我们的职责。

——你们的主人根据什么来判决？

——根据他的根据，先生。

——是这样……那么只要他想，他也可以将我判处死刑？

——毫无疑问！

——哪怕我并不是这个世界上的人？

——我不明白你的意思，但我们主人照样可以判决你，而且这判决是有效的。

——这些犯人认识你们的主人吗？

——不认识。

——那你们主人认识他们喽？

——那是不可能的。

——他们知道自己被判了吗？

——现在知道了。

——他们不反抗吗？

——他们知道反抗毫无意义，所以他们放弃反抗。

——你们的主人是谁？

——我已经回答过了，先生。

——你们通过什么途径加入他的行刑队？

——没有什么途径。每个人都有义务为他服役两年。

——两年期满后将会有新的成员顶替你们？

——是的。

——这么说，被他处死的人里面可能就有曾为他效劳过的行刑队的成员？

——是的。

——而且你们以后也有可能被他处死？

——是的，先生。

——可是我怎么不知道这些？

——我以前也对此毫无所知。很多人都是如此，只有等到正式成为行刑队员或被判决后，他们才了解到这一切。

——人们应该在平时多了解这些……

——可是，这些在以前是禁止被了解的。现在人们可以知道一点，但不应该知道得太多。

——我们会不会因为谈论这些而被判死刑？

——我们可能因为做任何事而被判死刑。

——你不觉得这一切非常难以理解吗？

——从没觉得。

——我是不是妨碍你们了？

——没有，先生。

——你们还不干活吗？

——我们的任务是在天黑之前把他们处决。

——你们想在树林里多待一会儿。

——是的，先生。

——因为今天天气很好。

——是的，先生。

          2005 年，铜仁

五座城

City of 条形码

走进"条形码"(这座城市的名称),你会发现一切都是用丝做成的,有趣极了。到这个城市度假,你最好穿一套病号服,或者别的条纹套装,或者干脆——披一套斑马装,好融入这线条的环境,免得过于引人注目。早上起来,空气里有条不紊地飘满了银色的细丝,像是下起了小雨,但你摸不到。张开嘴试着呼吸,就像是吃面条一样,一小撮丝状的空气流入你的口腔。站在条形的阳台上远眺,你可能会有些头晕目眩,因为什么都是相似的:对面的条形阳台上(房子就像是铺在地面的平行线隆起后形成的三维图),一个条形的男人,身体最左边两根线(那是他的左手)端着一只条形的杯子,正在喝着条形的开水。"早上好!"就像是琴弦在颤动一样,他向你打招呼。你于是友好地跟他点了点头,顿时觉得天地之间轻轻地摇晃起来——视觉差让你一时半会儿还真的无法适应这个城市。粗略地看,这世界简直是对称的,而且每一根线条都可以成为对称轴。

就像在有的地方,人们相信世界由上帝创造一样,条形码的居民无一例外地相信,世界由一根线条衍生。他们认为在人类最初,甚至在天地还不存在的时候,只要有一根像样一点的直线就行了,接下来就是没完没了的复制、繁衍。

如何辨认这些极为相似的人们?久而久之,他们有了自己的办法。随心所欲地调整自身的线条,形成不同的风格来区别于他人。比如,粗细的搭配,线条的长短、密度和颜色。就像下面这三个人(这是他们的照片),我们不用费什么劲就可以将他们区分开来:

他们只吃面条和米粉，也只有这两样可吃。

有风的日子真恐怖。用他们的话来说，"我们的灵魂被吹得乱透了"。如果你和一个条形码的居民拥抱的话（可惜他们不允许你这样做），你会发现他很轻。不管在什么情况下，他们彼此之间总是保持着适当的距离，不会靠得太近，当一个人不小心碰到另一个人时，他们会同时尖叫起来："嘿，小心我的神经！"所以，你可以想象，如果一阵大风将他们吹得东飘西晃，相互纠缠在一起，会是多么麻烦的事情。他们不得不耐心地坐下来——当然是一块儿坐下，因为他们差不多要缠成一个人了——然后仔细地将自己的线条从别人身上理出来（有时是拔出来），这准会浪费掉他们大半天的时间。我就看到过那么一次，两个男人极力忍住各自的厌恶，好不容易才从对方怀里挣脱开来，他们满脸尴尬，从口袋里掏出一把梳子，将自己的身体梳上几分钟，一边客气地交谈着。"这倒霉天气，麻烦死了。今天的风刮走了我身上不少线条。"另一个说："天气预报越来越不准啦，他们说今天白天没有一丝风，要不我也不会冒失地出门。""我的线越来越少了，再这样刮下去，恐怕会要我的命。""我们去投诉气象局怎么样？他们说没有一丝风。""我的妻子来电话说，家里的房子也倒了，回去还得把它扶起来。这风刮得太离谱啦。""市西路上的天桥前天不是也被刮飞了吗？现在都不知道找到没有，我上班必须走那条路。如果找不到，他们应该再建一架桥。""我得走了，不管怎么样，很高兴认识你。""哦，我也梳得差不多了，再见吧。"

路面都是用最密的线条铺成，免得那些长得比较稀的人走在上面会陷下去。据我所知，曾经就发生过这样的悲剧，一个全身只有寥寥几根线的孩子（医生说这是先天性稀疏症，没办法治愈），一天下午放学的时候，因为父母没有及时来接他回家，就在学校门口暴跳如雷，结果从路的缝隙里掉了下去。这下可不得了啦，学校领导逃不了挨批评，市长早就提醒过他们，校门口的路面应该再多加一些线条，最好是完全不留缝隙，因为在这里进进出出的都是一些身体还没发育健全的孩子。绿色的警察们弄来了很多建房子用的细丝，一根接一根，塞进路的缝隙中。孩子拉住这些线，费了很大的力气才被吊了上来。记者采访了这个孩子，第二天他奇迹般的经历刊登上了当地报纸的头版头条。"人们都十分想知道路的下面是什么。你能告诉我们吗？""路下面还是线条。"这个孩子神气地说。"那线条下面呢……就没有点新奇的事物？""有。"孩子有些得意起来，竟忘了他妈妈的叮嘱，"一些不一样的东西，我不知道那是什么。""你肯定那不是线条吗？""我肯定，那是……一种叫'团'的东西。""能告诉我，你为什么认为那不是线条呢？你能描述一下这种叫'团'的东西吗？"孩子突然捂住了嘴巴："哦，我不能说了，我妈妈会打我的。"

人们通过报纸都知道了这件事，他们都很愤怒。而孩子也因此被他妈妈打断了一根线，因为他妈妈就和所有人一样，认为一个说世界上除了线条之外还有别的东西的孩子是一个小小的异教徒；是线条创造了世界，因此除了线条，不会再有别的。

而如今，随着这个城市的开放，外地游客纷纷到来，他们也开始认识到，确实存在着孩子所说的"团"，它们一堆一堆的，在这个线条的世界里笨拙地挪动。他们虽然不太喜欢这个事实，但是都本着良心向孩子表达了歉意，而且还有不少人表示愿意向这个病孩捐献身体里的线。

City of Colour

在 Colour 这个城市，你想找到一点朴素的东西？全是绚丽的色彩，水是金色的，空气紫中带红，房子色彩斑斓，道路、汽车、山脉，甚至连每一颗尘埃都五彩缤纷。至于人嘛，简直就像从染布池里跳出来的。黑色在这个城市里意味着邪恶，只出现在人们的形容词里，现实中人们把这种颜色藏了起来。白色呢，是对人的侮辱，人们只有在吵架的时候，才会从口袋里掏出它来。

生活在 Colour 就像待在一大团棉花里，能感觉到紫红色空气的轻轻挤压，像有一把绒毛刷子在你脸上扫过。城里的居民，一年四季都不穿衣服。怎么说呢，他们其实就是一些橡皮泥一样的玩意，本身就有色彩，而且你如果逮住一个人用勺子从他身上挖一小块肉下来（你知道，对橡皮泥是允许这样做的），就会发现里面也是同样的颜色。不过他们可以随时变化颜色，事实上这对他们来说是非常必要的。因为他们从来不说话，颜色就是他们的语言。从他们身体所呈现的颜色，你就能判断出他想要表达的意思。有时，因为要阐述的观点比较复杂，他们不得不从自己身上挖出小块小块的肉来，将好几种颜色摆在一起，给对方展示。为此，他们每个人都随身携带着一把小勺子。

在这里待久了，你就会适应这里的寂静。没有丁点声音。即使一辆绿色汽车和一辆棕色汽车撞到了一起，也不会发出任何声响，而只会冒出一些混乱的颜色来告诉人们这是一起多么遗憾的事故。是的，这些你都会适应，看着各种颜色，你仿佛恍惚听到了更为美妙的声音。而 Colour 城的朴素也就在这里，它不喧哗，没有声音产生而后又消遁无踪，它告诉你的一切，总是可以看得见的。如果一个人承诺过后又反悔的话，那么别人就会从收藏夹里拿出他当初承诺时从身上挖出的颜色，放在小勺子里递给他看，好像在诘问：还记得你以前是怎么说的吗？

鬼 城

鬼城的一切都跟我们这里差不多，不同的是，他们每个人都拥有恐怖的面具。这些面具画的全都是妖魔鬼怪，表情鲜活而逼真。你走在这个城市的街道上，身边全都是"鬼"，因为这个城市有个奇怪的规定：必须戴面具才能出门。其实这根本不是什么规定，反正祖祖辈辈下来，他们都这样干。没人问过为什么，更没人会反对这样的做法。自己戴的面具都由自己亲手制作。所以，在大街上从来不会出现两副一样的面孔。

人们往往不会去记住谁谁谁，只会说，今天在广场上见到一个戴什么样面具的人。如果某人爱上了另一个人，也总是因为对方的面具打动了他（她）的心。有一次年轻的贝蕾妮丝姐妹俩同时爱上了一个青面獠牙的男子。她们在买鞋子的时候，看到他从鞋店门口走过，两颗阴郁的心灵立刻变得潮湿。"好鬼耶，好鬼耶！"姐姐拉着妹妹的手，用颤抖的声音在她耳边呢喃着（"鬼"是这个城市的人们吝于使用的形容词，代表最高的赞誉）。她们失魂落魄地走回家里，一路上激动不已地讨论着那副面具的每个摄人心魂的细节。她们默默祈祷着能在茫茫人海中，再次见到戴这面具的人。

有的人一辈子没能做出一副好面具来，他们往往默默无闻。而有的人则一夜成名，因为他呕心沥血制造出来的面具，让城市里的每一个人都记住了他。当他戴着这副引以为傲的面具上街时，会引来不少崇拜的目光。

在鬼城，偷别人的面具，会被判处死刑。在判决书上，总是这样写道："这个邪恶的人，由于盗窃他人的灵魂，从而犯下了不可饶恕的罪行，他自己卑劣的灵魂将永远得不到救赎。没有人会同情他……"在宣判大会上，当着众人的面，他首先被剥夺了戴面具的权利，直至被处死。于是我们经常可以看到，在这样的宣判大会上，罪人的面具被警察摘下。一张苍白的人类的面孔，深陷在一大堆生龙活虎的鬼脸中间，似乎从那一刻起，他就步入了悲哀的死亡。

空　城

空城的人最喜欢做的事就是捉迷藏了。他们一天不知要将这个游戏玩上多少遍。可以说，一天到晚，他们一直在玩捉迷藏。每个人都想象着全世界的人都在找他，所以一个个躲藏得十分巧妙，他们钻进一个常人想不到的地方，就一两天不再出来。而实际上，没有一个人找。所有人都在藏。这就是为什么当你走进这座城市，你会发现它是空的，见不到人影。

没有人记得清自己捉迷藏赢了多少回了。"反正没输过。"每个人都这样告诉你。就算是一家人，好不容易找个时间聚在一起吃顿晚饭，也是匆匆忙忙。吃饭简直就是浪费时间，更何况一边吃总得一边谈谈天气，或是别的无聊话题。对于捉迷藏本身，他们也会趁着往碗里装饭的空隙聊上两句，交流心得。但如果一名妻子想要套出丈夫的藏身地点，那只会导致家庭的破裂。

"唔，今天有人找到你没有？"一边往嘴里塞菜一边问。

"没有，你呢？"

"也没有，不过好险啊……"

"嗯，要藏好点。"又腾出手来摸摸孩子的头，"儿子，你也得藏好了。"

餐桌上的对话差不多都是这样。吃完，连碗也不洗，又鬼鬼祟祟地躲到某个角落去了。

在空城，不管是超市、医院、图书馆还是市政府，都见不到一个人。所有的建筑都像是迷宫。所有的街道都没有路标。在这里，是禁止询问的，无论你找一个地方，还是找一个人，都没有人会告诉你。

如果你问他们，会不会感到孤独，他们就说，最大的孤独莫过于出现在别人的视野里。

贼 城

有一个故事这样讲的：从前有个国家，里面人人是贼。一到傍晚，他们手持万能钥匙和遮光灯笼出门，走到邻居家里行窃。破晓时分，他们提着偷来的东西回到家里，总能发现自己家也失窃了。

但在贼城，情况稍有不同。贼城里的人从来不偷，但一不留神却总是发现自己家的东西被盗了。这样的事情频频发生，一开始当然是以为城里出现了盗窃团伙，大家奔走相告，相互提醒要看管好自家的财物。一面还请求警察把这些强盗抓去坐牢。警察们加大了侦查的力度，却仍然一无所获。他们反而发现，城里的居民个个都丢过东西，因为从户口簿上看，没有谁家没来报过案了。这些案件中各种各样的情况都有，有的人是下班回来，发现家里失窃了；有的人是出门买菜的工夫，家里贵重的东西一样不剩了；还有的是一觉醒来，发现家里只剩下屁股底下的那张床，"肯定是爬窗进来的！"失主在警察局气急败坏地喊着；而另一些人却惊叫着——好像连自己也无法相信——"我一转身，沙发和电视机就不见了踪影！一转身！"

但是又能怎样呢？警察们还是一筹莫展，他们查不到一丝线索，因为这些盗贼真是太狡猾了。人们开始不敢出门，甚至巴不得生出六只眼睛来瞪着家里的每个角落。街上空荡荡的，没有行人。结果，室内的失窃案少了，而外面的公共财产几乎被偷个精光。公用电话亭全被拔掉了。公交车不翼而飞。电线被剪走了。路灯一个个地失踪。连城市的雕像也像是突然蒸发了一样。但是没有人能提供什么线索，现场也总是不留蛛丝马迹。

他们请来了神探，他侦破过无数的案件。他满怀信心地在城里走了一圈，很快就宣布他已经知道这个贼的真实面目了。他指出，这个狡猾的贼就是这座城市。生活在城里的人一直都忽略掉了，这座城市就是一个巨人，肮脏的下水道就是他的血管，灰暗的街道小巷就是他的神经，他一直就在用他看不见的双手给城里的每个居民带来大大小小的麻烦，但总是没有人留意到这一点。他告诉人们，这个不要脸的老人把他偷来的东西全都藏在他最阴暗的深处。

于是从下水道里，从防空洞里，从郊区的废墟里，从城边宽敞的山洞里，人们找到了他们丢失的电视机、沙发、外套、拖鞋、钻石、别针、电话亭、公交车、路灯和城市雕像。

2006年，贵阳

途 中

有一种东西驶过时将路面搅得稀烂,那就是大船。有一次,我们突然作出了明智的选择,决定乘水上大巴回去。我和H踏上了甲板,舱门正对着船尾的甲板,我望进去,里面就像一个又空又热的大礼堂,后面上来的人从我们身边经过,弯腰通过舱门。坐在里面的人一动不动,显得秩序井然,充满了不可思议的活力,使得他们稍有晃动就会十分明显地被观察出来——那无非是他们坐在硬椅上左右摆头,或是将脸伏下去贴在膝盖上。H看到我注意到了那些空位置,他说:"我们就站在这里吧,很快就到了。"我们扶着生锈的、干净的铁栏,脸朝着我们离去的方向,脸上方就是漆成铅色的铁桥,它跨过这条大河，连接着两岸的街道，侧面竖起一些古琴弦似的钢索，令缠绕在那儿的空气铮铮作响，一轮我见过的最大的落日险些被它们切割，落日是血红的颜色，它的上端和下端刚好是大块抹布似的乌云，不，也许就是阴沉沉的天色本身，而那缕乌云——它正好是当时没有风的见证——死寂地悬挂在上端和下端之间，如果在平时它足以遮住半个太阳，但当时落日确实比任何时候都胀大了不止一倍（我认为那是由于某种折射造成的），所以它只是轻轻地搁在它的腰间，根本不足以破坏它的形状。"啊，夕阳……"身旁的一个女孩说，那个比她高一点的男的就扭头看了一眼桥那边，又转过头来，往一侧移了移，这样该不会挡住她的视线。他伸出两只手，像一辆叉车那样，有点呆板，将她放在腹前的两团指尖用手掌包了起来。这是一艘白色的船，上了船之后我想到我并没有看清它的样子，但我记得是白色的，甲板是红色的，可能是木板。就这样，我看到的是它走过的路，那瞬间被搅得粉碎的水面，甚至连它在被弄碎前的一会儿是什么样子都无从得知，因为那会儿它正被船的腹部碾着、挡着，我还看不到。如果那会儿它还是完整的,那么我只能领会它的完整,因为当这些完整性一个接一个地从船底抛出来时,在一个真空般的时间空隙里被破坏了,出现在我垂直的目光下的是失去了水面的水,裸露着它森白的粗壮的骨头,我没想过水会是这样的。这些骨头一露出来,就彻底碎了,仿佛被最狠最毒的人用铁器击打过一般,它全身的骨头都给敲成了粉末,它们在水中就像在风中一样飘起来,跳起来,旋转着,钻下去,又从另一股的最密集处的坚硬的核心挤出来,这些动作又往几秒钟之前曾发生过这一系列动作的那儿(总之是不断地重演、重复)扑上去,形成一条长纽带,这条纽带就是时间短暂可见的尾巴,一种反复的例举(关于水如何被重创和更无意义的逐渐恢复),也是一种轨迹,在轨迹上曾发生的一切还清晰可见,就像星球的自转和公转一样:粉碎、粉碎、粉碎、粉碎、粉碎……一条粉碎的、长度为常量的路径……逐渐恢复、荡漾、平静,什么也没有发生过。

2009 年,深圳

戈多在干什么？

"他妈的，今天我去戈多那里，发现他也并不是很忙。"一位慕名去拜访过戈多的学生曾说，"当然也不是一点事情都没做。只是那些事情都可做可不做。你看啊，他为了倒掉垃圾，一个钟头前就开始准备。他用十个塑料袋把一点点垃圾层层包裹住。又用一杆秤称了称重量，可能是没有达到他预先想要的标准，又往里面倒了一点水。他在外包装上贴上一张纸，在纸上用五种语言写着：送往垃圾桶，戈多先生。最后他还在上面插上几朵花。在做这些的同时，他会突然想起什么似的，踩在凳子上爬到书架的最顶层取下一本书翻阅起来。什么也不做的时候，他就皱起眉头坐在书桌前，一副沉思的样子。其实他只是在察看自己的手纹。如果你问他什么,他就说:'世界已经变了,我们应该开始实验另外的生活。'"

其实很多人都不知道,戈多虽然外表派头十足,连忧郁的气质也带着贵族的味道,但实际上他并没有什么钱。大家都认为,像戈多这种阔少嘛,肯定是挥金如土的,其实,他在家都是叫女佣随便炒个青菜吃吃。熟悉他的人经常说他这种人纯粹是社会上的渣滓,活在这个世界上没有多大的必要。对此戈多从来不多说什么。

他讲的话没有一句是真的。他最喜欢讲他以前做乞丐时候的事情,在那些经历中,他印象最深的是有一次在都柏林的街头捡到半个中国馒头,因为他觉得像那样的东西我们肯定是没吃过的,他以后也不可能再吃到。但是,我们都很清楚,他一辈子都没做过乞丐。还好,他编这些东西没有任何目的,就像他自己说的:我只是让自己的喉咙发出一点声音来,难道会有什么错?

他向我们这些朋友借钱的时候才是他最寡廉鲜耻的时候呢。

"能不能拿几张废纸给我?"

他像是对着墙壁说。于是我们便纷纷从自己的皮夹里掏出一些钱来给他。他怎么会难为情呢？在他看来，那只不过是些废纸罢了。

戈多的理想是做一个没有理想的人。他对这个世界既没有任何见解，也不抱什么兴趣。他一直声明："我刚才说的观点并不代表我本人的观点。""我没有一点思想。""说话纯属机械运动、自然现象，并永远不应该超出这一范畴。"

但是，这个没有思想的人的思想，那些不代表他的观点的观点，竟不知不觉地影响着我们。我们个个都觉得自己像掉了魂。

他有时会得罪一些人。一次，某位腰缠万贯的皮革商到他的住宅来做客。戈多为了招待客人，只是由以往的一盘青菜增加到两盘。客人有点不高兴，但还是强作欢颜。在饭席上，皮革商滔滔不绝地夸耀自己成功的经历。

我们的戈多说："成功者与失败者并没有什么区别。他们唯一的不同就是成功者他成功了，失败者他失败了。"

"你这话是什么意思？"

"没什么意思。"戈多说,"只是一些声音,如果把它们翻译成文字,写到纸上,那就是一些符号。"

可怜的客人还想跟他争论一番。但是戈多用筷子使劲地敲着碗大声嚷道:"我认为吃饭的时候不应该说那么多废话。当然,这也不是我的观点。"

客人觉得自己受了侮辱,扬言要跟戈多决斗,但他事后想想:何必跟这号人计较,就当自己倒霉算了。

戈多与人交往的方式有点匪夷所思。他与每一个人都定下约会,但他从来不赴约。最多只打发一个孩子去告诉别人:戈多先生有事来不了了。他对自己的用人就像对兄弟一样尊重,但有时又用皮鞭打他们。他对他们说:"我鞭打你们,是因为我感觉到是在鞭打自己。"但是他从来都不鞭打自己。一名孩童第一次偷戈多的钱被发现,戈多不但没有惩罚他,反而奖赏了他,他说:"偷盗是最富有想象力的行为。"可是当这同一名孩童再次偷他的钱时,他竟然放狗咬了他。伤痕累累的男孩哭着冲他吼道:

"你想想你自己说过什么!"

"我说过什么?"戈多反问。

"你说过你欣赏偷盗的行为。"

"话语不能记载任何东西。小家伙。"

对于不大爱说话的人,戈多好像打心里喜欢。他常邀请这样一些素不相识的人到家里做客。但他大多数时候都不陪他们,把他们丢在某个房间就自己跑掉。他像个幽灵一样在自己宽敞的住宅里游荡,像是充满着好奇。他从一个房间游荡到另一个房间,有时独自在椅子上坐一坐,间或打个盹什么的。在某个房间里,他会看到那被他邀请来的客人还傻傻地坐在那里等他,便急躁地把人家赶走。"我不喜欢你坐着的那种姿势。"他说。

那么戈多这个人到底有没有感情呢?这一类的事情呵,我们都不大清楚。我们都不知道他有没有结婚,有没有生子。或许他把自己的亲人藏起来了呢,这也是很难说的。我们不知道他晚上的生活,天一黑他就让朋友们回家。"我要像老鼠一样独自钻进这黑漆漆的洞里去啦。"他所说的这个洞也许就是指他自己内心的世界吧。在那里他和其他人用不着彼此窥视。

他的样子倒是挺善良的,他有时会哭,而且是为了别人的事。有一次,他流着泪望着我:"我能感觉到你的痛苦。你让爱情给折磨得不成样子了。"

"你怎么知道我的爱情呢？"我说。因为我们从来不谈及这些事情。

"每个人都会经历爱情。"

后来，我们也没有再说别的。跟他谈话，我老是不愿深入。我只是喜欢他那副随随便便，高贵，有时还不知所措的样子。

我不大会写文章，关于戈多我只写这些。别人问我戈多到底在干些什么？他基本上每天就过着这样的生活。

2005年，都匀

雪地里的马匹

孤独，是的，有点孤独。我自言自语。如果只是孤独其实还不要紧，问题是，我总觉得伴随着这孤独的还有一个什么可怕的鬼东西。六月的一个深夜，我因为听信了天气预报里那些诸如"一场反季节的瑞雪将可喜地降临"的瞎话，一个人跑到街上等待着第一片雪花的飘落。我为什么那么希望看到雪呢？这只不过是我诸多癖好中的一个罢了。我曾认真地建议我的父母跟我一块搬到北极冰川去住，就因为我这个不合时宜的建议，竟害得我那体弱多病的老父亲流了一下午的鼻涕，到了晚上还做了一些鬼哭狼嚎的噩梦。我脑袋里闪过这样的想法：或许天气预报里所谓反季节的雪只不过是我盼雪心切而产生的幻觉。这有什么稀奇的呢？我又不是第一次产生幻觉了。有一次，我还小的时候的一个晚上，全村的老人都蹲在我家院子里看电视，要知道那年头能买得起电视的家庭并不多；当然，那电视节目也是够精彩的，那不断变幻的画面就像一根绳子似的紧紧牵住了我的眼球，我紧张得全身绷直，手指、脚趾几乎断掉。这时我母亲说："好啦，你快去扫地。"我非常生气地一跃而起，从屋角操起一柄扫帚，冲着那些老人的屁股一顿乱扫。"干什么？你脑壳坏掉了吗？"我母亲好奇地问我。"不是你叫我扫地的吗？"结果，可想而知，我母亲（她可以对着土地公公发誓）根本连嘴皮都没动过，更不要说吩咐我去扫地了。那些老人全都笑得躺倒在地上，东一个，西一个。

听人说起过：孤独是一种病。这是很有可能的，它至少也是一种潜伏着的病毒，时不时地跟你搞一下突然袭击，就像慢性胃炎那样。对于它的性情，我也已经掌握得很清楚了，每当我突然想到"我真孤独"的时候，眼睛里就像进了沙子似的疼痛不已，还伴随着大量的泪水流出来。有时是另一种症状：左手无名指突然动弹不得。

哈！我在六月的一个深夜里等待着一场莫须有的大雪。这时，街角二楼的一扇窗子突然开启，一颗人头像皮球一样弹了出来。他一眼就看到了我，就像他早已知道我在这里似的。他朝我吹了两声口哨，说："喂，上来！吃点东西。"

我费力地抬起头，想看清楚他。我说："不。我不认识你。"

他说："没关系。我只是一个'老人'，如果你发现我对你图谋不轨，你把我打死就是啦。"

"你干嘛说你是一个'老人'？我看你还很年轻呀。"

"你上来嘛，我慢慢告诉你……"他边说边从窗台上伸下两条手臂，似乎想把我拉上去。

我问道："你那里有什么好吃的呢？"

"有莎琪玛，还有蛋黄派。"他得意地说。

"不，我不喜欢吃这些东西。"我感到有点难为情，于是又说："你觉得今晚会下雪吗？"

"嗯，很有可能。"他轻描淡写道。

"我看嘛……"我正不知道该说些什么，这时他又急切地催促我："上来！上来！上来！"他已经朝我探出了半截身子。

我立即变得神气活现:"要我上去可以,但是,我要求以我自己的方式上去。"

"什么方式?什么方式?"他很感兴趣的样子。

"你有绳子吗?"

"我有各种各样的绳子,丝线,还有一件羽绒服,绝对是名牌,一个景德镇的瓷杯,还有……"

"好了。你听着,放一根绳子下来,你在上头把我拉上去。"

"神经病!"

"那我只好失陪了。"

我正转身,一根鞭子似的东西狠狠地抽打在我的脖子上。"为什么打我!"我回过头,他却正晃着绳子的一端:"上来。"

"你打得我很痛呢,你这个杂种!"我生气地摸着我的脖子。

"快点上来吧。"他迫不及待地说。

我强忍住笑,故意慢吞吞地捡起地上的绳子,小心翼翼地系在我的腰上。

他指了指墙根:"你走过来,到这里来。"

我走到墙根之后，就蹲在了那里。

他急得用手在墙壁上乱抓："我要开始拉你了，请你配合一下好不好？"

我再次跟他谈起了条件："你他妈的给我听好了，我要你完全凭自己的力量把我拉上去，就像从井里吊起一桶水那样。"

"你疯了吗？我可是一个'老人'……我没那么大的力气。"

"那你一个人慢慢玩吧。"我站起来就走。岂知这家伙突然将绳子用力一拽，我结结实实地仰倒在了街上。这时，我看到了阴沉的天空。"啊，下雪了！"我兴奋地叫了起来。

"对不起！我不是有意的！"他在那里悔恨地大声喊道。

"没关系！真的没关系！"我躺在地上，朝他挤出一个鬼脸，可惜他没有看到。我又说："看，下雪了！"

"是啊，好像是下雪了。你上来吧，今晚我们可以挤一张床。"

"不用了，我本来就是来看雪的嘛。就让我躺在这里吧。不过,你家里要是有万花油的话,不妨扔一瓶下来,我的后脑勺好像摔伤了。"

"有的,请你等一下啊。"他终于离开了那扇窗子。

这时,雪下得更欢了,它们笑盈盈地一齐飘落下来,就像是一群打扮得漂漂亮亮的姑娘有说有笑地去赶集一样。它们抚摸着我的脸,或是故意碰一下我的衣服。不一会儿,大地变白了。

"接着!哈哈,我扔在你的肚子上啦!"一阵放肆的大笑。

我根本不愿起身,只用一只手在肚子上摸索。摸到一团软绵绵的东西。我怒不可遏地将它举起来问道:"是这个吗?"

"是的。"

"你这个猪脑,我问你有没有万花油,你干吗扔一只袜子给我?"

"哦?真的吗?我真的扔了一只袜子给你吗?喂,等等——我想问的是:你真的是叫我扔一瓶万花油给你吗?"

"算了,我懒得理你。嘀!大雪快要将我埋掉了。"

"可是我记得你好像是叫我扔一把梳子给你,你说,你想梳理一下你的脚趾头。"他还在用一种无辜的语气争辩。

我不耐烦地说:"你还是关上窗子睡去吧。我发现你一熬夜就神志不清,现在已经是凌晨啦。"

"你放心吧,我也许是睡着的,因为我极有可能是在梦游。"听他这话的口气,似乎蛮有把握。

"你知道吗?我很孤独,所以我才想出来看看雪。可是,我干吗要跟你说这个?"我顿时感到很难过,便抓了几把雪敷在了脸上。

"我也是。……孤独。"他好像不好意思说出这个词。"你现在还上来吗?你的脸色苍白。"

"那是雪,我把雪放在我脸上。你觉得这雪景如何?"

"雪景?那当然是没得说咯。你认为我这个人怎么样呢?"

"你这个人嘛,很适合做朋友。"

"很适合做朋友?"他不屑地说,"完全没有触及我的精神世界。照你这样,给任何一个人下结论都不是什么难事。"

"那你希望我怎么评价你呢？"

"我想来想去，还是决定告诉你：我做过一个梦。一开始我还不知道那是一个梦，以为是真的发生过的事。过了几年，在别人的指正下，我才愿意相信那只不过是一场梦。我梦见我娶了一个女人，我们很相爱。我和她生下了一对儿女，女儿在很小的时候就夭折了，变成一个'小小的死亡'，当然我们都很难过。儿子长大后去了远方，再也没有回来过。后来，我和她都老了。人一老就容易出毛病，特别是女人，你应该想得到，她成了疯婆子，我很讨厌她。后来她死了，我知道，对她的死我并不难过，我难过的是我的这一生。当然，这只是一个梦，但自从做了那个梦之后，我便真的把自己当成了老人，过上了老人的生活，虽然我还只有二十四岁。我在那一夜（做梦的那一夜）就过完了我的大半生。我辞掉了工作，没事就去钓鱼，或是跟一大帮老头子下象棋——他们走棋都慢得要死，可是我也习惯了——我还经常盼望我远方的儿子早日归来。有人来给我做媒，我就说我早已结婚了，我的儿子都长大成人了，我的老婆先是疯掉，然后死掉了。虽然我现在已经明白那是梦中的事情，但是我已习惯把自己看成一个老人，过着老人的日子……"

我说（这时我脸上的雪已经开始融化）："我听了你的故事，突然觉得非常伤心，你弄得我没有心情看雪了。六月的雪很难得呢！"

"不，你完全误解我了。这并不是一个什么伤心的故事，我只是客观地把我的精神世界裸露给你看。由此，你可以对我产生一些了解，你想想：一个怎样的人才会发生这样的事呢？除此之外，你什么也不用想，你只把它当作深夜里游离在街上的一个梦，一个精灵，或是天空上掉下来的一片雪花也行。"

我想了一想，有点拿不准地说："你是一块坚硬的卵石？而且——也许你是沉浸在湖底的一块卵石？"

他说："这个比喻很庸俗，不过还算比较贴近我的内心。"

"哈哈！"我躺在雪地里，兴奋地把四肢伸展开来，做出一副振翅欲飞的姿势。"你真是有什么说什么，心直口快。我太高兴啦。告诉你，我现在突然想飞起来，你有什么办法吗？"

"那一定是你的幻觉,你得好好地控制一下自己的情绪。以前也有很多人对我说过这样的话,什么我感觉自己能飞啦,什么要是能飞到太平洋上空就好啦,结果没过多久,他们就疯掉了。"

"没关系,我经常产生飞翔的念头,特别是在上班的路上遇到堵车,我就恨不得马上飞起来。还有更多古怪的念头,这些念头确实对大脑产生了不小的震荡作用,但我还算是没有患上精神分裂,也许是我的体质比较好吧。"

"怪不得你不觉得冷。我真羡慕你,瞧,雪已经将你严严实实地盖住了,我现在只能看到你的鼻尖。你躺着肯定看不到那边的山顶上:白皑皑地冒着热气,就像是幻境……你说我们现在会不会是在梦中呢?"

我过了很久才回答他:"我已经睡着了,真的。不信你可以走近来,听听我轻微的鼾声。我听你说话,就像是有人在我床前边摇扇子边说出的话。其实我也觉得冷,半夜躺在雪地里不冷才怪呢。不过,我既然睡着了就不愿起来,那边的山顶真的全白了吗?"

"白了,全白了。有一棵常青树立在离你不远的街边,也全白了,它一抖一抖的,像是在打瞌睡。我们可能真的在梦中，因为时间明显快慢不匀。比方说，钟楼那边一看就知道已经过了四个钟头了，而那学校的围墙（其实我一直在盯着它）却还在经历着最初的几分钟。这种感觉真是怪怪的，我还是给你扔一床棉被下来吧。"

"我还真的需要一张被子呢，因为我的四肢正在失去知觉——肯定是给冻坏的。不过，我敢打赌，你扔下来的一定会是别的东西。我非常绝望，先生（我可以叫你先生吗？），我非常绝望，因为你扔下来的，除了棉被，其他任何东西都有可能。算了，我还是不要伤你的自尊。你哭了吗？"

"我不知道。我只感到自己很放松，一种像他们说的'释然'的感觉。这种感觉是好是坏，我现在还不好下结论，不过我想，我到死的那天都能回忆起这样一种感觉。"

"我们身处这样的处境，何时才是尽头？虽然我睡着了，但我还是很焦灼，也很恼火。我现在开始讨厌这雪了，实在讨厌。我们是不是陷进某个梦里啦？"

"我早就想到这个问题啦。"他显然很得意。"有很多人失踪，那正是因为他们走着走着，突然'哗啦'——就陷进了某个梦里，膝盖再也拔不出来了。要不，一个人怎么会消失得无影无踪呢？就算是死，也得见尸啊。我知道你现在一定很害怕，不过不要太过悲观，让我们试着找一找梦的出口。"

"我并不害怕，但是对寻找梦的出口这种事情我很感兴趣。我一听，睡意全无啦。请你拉一拉绳子，让我在这雪地里动起来，因为我已经冻僵了。"

"听说梦的出口，"他一边使劲地拉着绳子，一边吃力地说道，"一般都伫立着一匹褪毛的病马，它的头上冒着热气，还不停地咳嗽。我们只要找到那匹马就行啦。你感觉怎么样了？真好笑，我成了你的纤夫啦！"

我在雪地上缓慢地移动着。"你再拉一把吧，我很快就可以站起来了。"当然，傻瓜才愿意站起来，因为我感觉自己正舒舒服服地躺在一驾雪橇上。

"我恨你！"我仿佛听到他咬牙切齿地咒道，"我要搞死你！"又像是好朋友之间完全无害的、嬉闹的口吻，只不过是故意装得很吓人罢了。于是，我以一种无法控制的速度飞快地滑动起来，寒风不断地往我耳朵里灌，我的头发全都竖了起来。我吓得将脑袋侧枕在雪上，就在那个时候，我看到了那匹马，它静静地、冷漠地立在雪地里。它精神饱满，完全不像有病的样子。它那一身棕色的绒毛，就像一团漫不经心地燃烧着的火焰，正在无知地将自己烧掉。

2006年，贵阳

无人驾驶

动词是名词,黑笔可以写红字。名词不是动词,红笔可以写黑字。

动词是名词,然而,名词却不是动词。然而是副词。副词是名词。

然而不是名词。

然而是副词,副词是名词,然而却不是名词。却,是什么词?

"动词"是名词,"副词"也是名词,"香烟"是名词,"精神"也是名词。"却"不是名词,但它肯定是一个词,"词"是名词。

标点。就是说,请注意:引号开始被引进。一些基本的意思变得明确起来。

"动词"不是动词,"名词"还是名词,应了那句古话:人比人气死人——"动词"就没法是动词。

黑笔,写出来的都是黑字。但黑笔能写"红"字——那是另一码事——也能写"见鬼"这两个字。它还可以写"黑"字——但写的不是它自己。正如,红笔既可以写"红"字——难道写的就是它自己吗?——也可以——那是肯定的——写红色的字,也可以写"黑"字,以及"香"字。臭笔,也能写"香"字。毛笔需要蘸很臭很臭的墨汁写字。有人用它写很臭很臭的"香"字,也有人用它写下很臭很臭的"一点也不臭"几个大字。

引号起了很重要的作用。

说到哪儿啦?

引号越来越重要了——没什么人用引号了。小说里,常常连对白都没有引号。

电影里面的字幕,基本上都是对白,所以,他们——就——从不用——引号。有一部电影,什么名字忘了,枪响时,出现字幕(枪声),某人很响地翻开书本,也配有字幕(翻书声)。咳嗽了,(咳嗽声)。只要有声音,就有字幕出来说明。

"字幕"是名词,"说明"是动词。"动词"是名词——别再提这个了。名词离开动词单独存在吗——"请让我一个人静一静。"是的,有些名词常常一个人。

"某种古老的敌意"!"翻书声"是名词,"翻"是动词。从什么时候开始,事情变成了这个样子?这说明了什么?

回答了这个问题并不代表你聪明。

不想谈你、我、他——谁不想谈?——无人。只想,只想——别在小说里交代动机吧(还是?),稳妥起见。

故事发生吗?不,它不准备发生,它不愿发生,它今天没有胃口。它嗅了嗅。词汇的气味,关系的气味,这些关系,没有驾驶员。它们在冰河世纪开始……开始、开始什么?不要,不要。不要在这个地方使用一个动词。

动词迷失了,所有的动词都,迷失得离谱。所有的动词里面都找不到这样一个词:"动词";"动词",它是名词。不想过于露骨地使用拟人,的确,动词们没有去借酒浇愁,它们面对这种困扰,这种与生俱来的精神灾害，如果一定要描绘出它们如何应对的话，那就请想象人类往自己嘴里一口一口地灌着闷酒。但是要指出来的是——因为这种误会尤其可怕——动词们是不会真的喝酒的。动词们根本就不会动。动词们全都鄙视（干吗不说仇视呢）名词，它们产生这种鄙视的时候，仍然是一动不动的；但是"动词"本身就是一个名词。

名词们如何？

名词们最值得炫耀的一点，就是"名词"是名词。这是动词做不到的，也是所有别的词做不到的。它们既不能像"名词"之于名词那样使自己成为自己，也不能像"动词"之于名词那样，使"别的词"成为自己。哈，这种感觉——虽然不是通过自己努力得来的——真是太好……啦。所有的名词都很高兴，除了"动词"这个名词。它感到恶心。

动词是什么呢？动词是发出的动作或存在的状态。"动作"、"状态"，名词。

多么沉重哦……

"动词"感到恶心，一想到自己属于势头正盛的名词，它就肝肠寸断。它不稀罕自己这个团体的优势，它希望自己是那个劣势群体里的一员：动词。不过，如果那样的话，就可能算不上劣势了，劣势是因为它，单单因为它。不，它在乎的不是什么优势，劣势，不管动词处境如何，它的心都向着动词，因为它在意的，非常非常在意的是——人们指着"走"说："动词。"指着"飞翔"说："动词。"指着"吃喝嫖赌"说："嘿，四个动词。"而指着"动词"却说："……名词！"

别掉进这个陷阱……读者，你不是"读者"，你不是一个名词。

就算世界上的文明泯灭了，也并非仅仅只剩下词汇；还有那些——既不是人，也不是人造的，或者"人的"——还有桌子啊。对，桌子。桌子以及剩下的全是词语们的苦海，它们的噩梦。

"桌子"是名词，但一张桌子，一张桌子……它也并不是不知道"桌子"成为了名词，因为这种事情往往就是在桌面上进行的，但就好像某些人物之间一辈子也不会去谈论那些每天在他们眼皮底下发生的事情一样，桌子们对此从不置一词。冷漠是最有力量的伤害，是噩梦。冷漠是人类消失之后仍然存在的武器，是噩梦。冷漠就是，我不打你，你却被我打死了。名词谈论一切，却一无所有：在词汇汪洋恣意的海水里，只有"桌子"，没有桌子。桌子轻而易举地做到了这一点。

感谢引号！

"引号"也是名词。

"引号"——很奇怪，引号引着它自己。

括号也可以括自己：（括号）。《书名号》——某本书。这三种情况，都从同一点出发，表演出某种相同性质的特异功能，结果却相去甚远。引号、括号和书名号都是标点符号的一种，但"引号"是名词，《书名号》是一本书，（括号）是行为艺术。

还没读过这部小说（《书名号》）的朋友都应该去读一读。它写得不错，经常被谈论。

在上一段里，括号把"《书名号》"括了起来，为了更准确的表达，为了一种非常及时的、进一步的解释。而在这一段里，引号又把它引起来，大家很清楚这样做的目的。

《书名号》写得非常出色，出版不久就被改编成了电影，电影的名字也叫《书名号》。这样一来，《书名号》既表示这本书，又表示那部电影。电影的主题曲也叫《书名号》。

《书名号》讲的是一张脸的故事,这张脸一笑,嘴角就浮现出这样一种皱纹:《》。这是一对特殊的酒窝,是这张脸的怪诞标志。

"特殊"、"怪诞",是形容词,"形容词"是名词。"形容"是动词。"动词"是名词,"动"是动词。"感叹词"是名词,"感叹"是动词。等等。

每个词都有自己的活要干。这就是为什么它们的名称里面都含有动词的成分,这成分记录了它们所干的活。"名词"里的"名"考究起来也是动词,意思是"给……命名",这就是名词所干的活。

不!失控状态已经严重阻碍了我们想要的理性生活。

○○○○○○○○○○○○○○○○○○○○○○
○　　　　　　　　　　　　　　　　　　　○
○　　为这个世界找一个驾驶员吧　　○
○　　　　　　　　　　　　　　　　　　　○
○○○○○○○○○○○○○○○○○○○○○○

2008年,成都

三梦记

画家和骷髅

我竟然梦见了这些事。首先我梦到了他。他在哪里？他在梦里。我不是说我梦见他时，他在我的梦里，这不是废话吗？我是说，我刚梦到他时，他也在做梦。也不是这样，越说越糟。我是说，我梦到他在做梦，而且梦到了他的梦。我梦见一个硕大的石榴，有地球那么大，裂开了许多口子，我从其中一道裂缝钻了进去。于是，来到一大片珍珠中间。这些珍珠密密匝匝，一颗紧接一颗，像空气一样柔软。我看到他在这些珍珠中间散步。在这个天地里，只有他独自一人。他用手抠下几颗珍珠，放到嘴里品尝。其实，这样描述，还是让人觉得我只是梦到了他在散步。干吗说梦到了他在做梦和梦到了他做的梦这么玄乎呢？哎呀，你们误解我了，我不是那种玩概念的人。打个比方吧，如果仅仅把梦看成画面的话，那么这幅画里的确只有他，而没有他的梦。但是我的这个梦，除了画面还有一个"脑子"。这个脑子通过分析画面，而得出结论。当时，这个梦的脑子告诉我：你梦里的这个石榴、这些珍珠还有这个人并不直接属于你的梦，它们直接属于你梦中这个人的梦；因为你梦到了他的梦，所以你间接地看到了他在你梦里散步。简单地说，我当时虽然也在做梦，但我还是很清醒，我知道我梦见了他梦见自己走在一颗石榴里。更复杂的事又开始出现了——不知是我在我梦中想，还是他在我梦中想，还是他在他梦中想，反正就是有了这么一个想法出现在梦里：他将遇到一系列恐怖的灾难。这些灾难将降临这个石榴，出现在他面前，向他张开血盆大嘴。他怀着这种预感，忧心如焚地走在石榴里面。但是他却发现了一本小说。那是一本短篇小说集，封面十分精美。那正是我的第一本书（事实上我虽然写小说，却从来没发表过作品，更没出版过。此文中若再次出现与现实不一致的地方，恕本人不再注释）。他，作为一名伟大的艺术家，令人难以理解地关注起我这种无名小辈的文学作品来。他十分仔细地读着，一点也看不懂——他发现这是一个中国人写的小说。这时，一个巧妙的因素切入：不是我的这个梦的脑子，而是我梦中的他的那个梦的脑子提醒了他：别紧张，这很可能是在做梦！于是他灵机一动，麻烦就迎刃而解了。也许是我小说里的文字奇怪地变成了西班牙文，或者他一下子就变得能识汉字了，反正他看懂了我的小说。他首先看了看作者的名字，"鳜膛弃……"他的嘴巴张了两下。也有可能他说的是"Great Touch"，反正发音相似。他高兴得跳了起来，为他终于能毫无阻碍地阅读这本小说而由衷地高兴，以至于情不自禁地抓了一大把珍珠塞进了嘴里。他不到一分钟就读完了它，但这不代表他敷衍了事。相反，他读得相当认真。他读到了我的那篇《画家》，很高兴我能写一写画家，但是对它的内容很不满，他认为这名作者根本就不了解画家，画家哪里是这个样子？他很不服气，对这名作者破口大骂（注意，他虽然是一名天才，此时甚至有一点预感到自己是在梦里，但他万万想不到他的这个梦以及他梦里的他都存在于我的梦里，更不知道我便是这本书的作者）。但是除了这篇《画家》，其他作品都令他振奋。特别是那些关于时光的形状的描述（里面提及了时光在物质意义上的变形及扭曲，时光在生物学上的表情）和关于梦的各种"场"的图像化的那些作品，引起了他浓厚的兴趣。在《当时间饥饿时》这篇小说里面，有一个句子令他得到了某些启示，他马上记在了本子上，这个句子便是："时间的面孔试图拥抱荒漠里的老树的枯枝，这老树在时间被发明之前便已矗立在此，而现在当时间疲倦地来临，它向天空露出一只手臂上的伤口……"还有这句："时间的一瓣屁股跌倒在一具死去的怪兽的尸体上，另一瓣屁股有着从丑陋的悬崖边滑下去的危险。"他把这两个句子念了好多遍。在《一个城市的五万居民的梦》这个短篇中，他看到的是数不清的光怪陆离的梦境，以及这五万名居民的梦之间道不尽的联系。比如，我在里面写到了，一位名叫罗大夫的侦探在梦里塑造了一个根本不存在的医生，名叫弗洛伊德，他在罗大夫的梦里的生活只有两件事情可做：看病和写书。他尤其写了一本关于梦的书。结果，由这个现实世界中不曾存在的人写的这本关于梦的书，却被这城市里的五万居民竞相传阅，在这本书的指引下，他们按自己的愿望做了更多美好的梦。另一名叫 H 的诗人看过这本书之后，大受启发，遂不再写诗，而是勤奋地做起了梦。在梦里，他也学罗大夫的榜样，像创造小说人物一样创造出一位名叫博尔赫斯的小说家。H 还在梦中（对博尔赫斯的塑造他是分好几个梦完成的）把弗洛伊德的书介绍给了博尔赫斯。这样博尔赫斯便成了同弗洛伊德一样伟大的天才。这一点令 H 如愿以偿。虽然 H 也读了弗洛伊德的书，而且也足够聪明，但是要变成天才可能还需要二十年，所以他干脆做起了梦，在梦中制造了博尔赫斯，他让博尔赫斯去变成一个天才——结果只花了二十天。这个变成天才的博尔赫斯，很不屑于弗洛伊德的观点（主要是不屑于他的成就），也写出了很多关于梦的小说。都写得很传神。以至于，梦有了将要取代现实世界的倾向。H 本来就对自己梦中制造的这个博尔赫斯很不满意，他原本是想让他替自己写诗，谁知写了一阵子诗之后，博尔赫斯就把主要精力放到了写那些关于梦的小说上面。而现在这些小说里的梦渐渐强大起来，H 开始感到不安，他怕梦取代了现实，那样也就代表博尔赫斯取代了他。他想在梦中把博尔赫斯杀死，令他想不到的是博尔赫斯先下手为强，只用两秒钟就涂鸦了一篇叫《镜子与面具》的小说，在小说中作者让诗人被国王赐死。于是第二天，人们发现 H 死在自己床上——他在梦中自杀了。接下来，博尔赫斯又写了一篇小说，这篇小说开篇就描写了一个梦——梦里一座城市消失了。不用说，第二天，这座有着五万名喜爱做梦的居民的城市从地平线上彻底不见了，五万居民包括在梦中制造了弗洛伊德的罗大夫全被埋在了地底下。从此，关于这个城市的一切，便只剩下弗洛伊德和博尔赫斯两个人。不久博尔赫斯又写了一篇三页纸的小说，小说中，一名牧师梦到一名超现实主义画家画了一幅画，画中是一名集耶稣同犹大为一身的木匠做的一个梦，这名木匠梦到一个中国的文学爱好者在一边挨饿一边写着一篇题为《一个城市的五万居民的梦》的小说。

这篇十分精彩的小说（它一直是我的骄傲——当然也是指在梦中）使得他(本文开头的他，以下直接称他为画家）狂笑不已。正是这不可抑制的精神癫狂使得画家落下终生的疾病——狂笑症。我刚才还在梦里觉得他是一名天才画家，现在却突然看到，作为画家他根本没有画过一幅自己的作品。这句话或者这样表述：虽然他刚才还在我梦中的他的梦中觉得自己是一名天才画家（这似乎曾是一个事实），但他现在发现，作为一名画家，他根本没有画过一幅自己的作品。所幸的是，我的这本小说深深地启发了他，他毫不害臊地认为：我作品中的这些东西，其实一直装在他脑子里，或者曾在他以前的无数梦中出现过（他甚至还认为他曾几次梦到过我，我在他的梦中欣赏了他的那些关于梦的画作，所以我才能写出这些关于梦的小说）。是的，我说，其实是他梦到过我的思想，而且很多次想要借绘画表现出来，但一直苦于找不到合适的表现手法。但现在受我的小说的影响，他已经有了足够的灵感和信心去创作了。他非常满意，作为一名初入艺术殿堂的年轻人，他向我这样一位同样年轻而伟大的艺术家表达了崇高的敬意。当读到我后期的作品时，他发现我的创作兴趣发生了转变。我不再关注时间的形状和梦的深刻寓意。我的兴趣竟然转向了呆板的现实主义！我开始描写男人和女人（每一个角色都有一个俗不可耐的名字）的日常生活，连他们在厕所里的行为都写到了。这令他极为不满。他怀疑那是我老年时写的作品，或者是剽窃当代中国某些作家的作品。我在一篇极其枯燥无味的小说中写到（用的同样是乏味的现实主义手法）七个女人和一个头盖骨的故事。他看过之后，连连摇头："这七个女人虽然给人印象深刻，有血有肉，但她们同这篇作品一样俗不可耐。"他看上去非常生气，同时又为自己敢于批评我这样一位伟大艺术家的这种勇气沾沾自喜。出于对我的尊敬，他才没把整本书扔掉。他只是将它重重地合了起来，并在一块尖尖的石头上用力拍打了几下。这时，一个头盖骨——就是我那篇失败的作品里的那个头盖骨——从我的书里面跳了出来。一开始，它化作一只老虎向画家龇开了大嘴，吓得他像一个女人一样地尖叫起来，在地上滚了几下，压坏了不少珍珠（我梦中出现了画家睡在自己的床上翻了个身，并张了张嘴的短暂画面）。正当画家爬起来，准备落荒而逃的时候，老虎又变回了头盖骨。这个头盖骨迅速膨胀，不一会儿它取代了整个石榴，吞噬了惊慌失措的画家。

画家吓得从梦中醒了过来。讲到这里，我松了一口气。因为画家终于不是在他自己的梦里了，而我也终于不用面对同时讲述两个梦的困难了。但画家仍然在我的梦里,因为我还没醒来。我得接着讲这个古怪的梦。

画家满头大汗地惊醒过来,他马上被现实中的困境吓了一跳:在这个梦之后,他觉得自己面临着艰巨的任务。他有太多的作品要画,那些作品现在已经全部装在了他脑子里,再清楚不过,他巴不得只用一秒钟就把它们全部画下来。准确地画出那些作品,他现在已经有了那个能力,但不是在一秒钟内,他非常清楚,要画完它们,可能将耗去他毕生的时间,因为那些作品太多、太丰富。可是,先画哪一幅呢?

他决定先向那个不祥的头盖骨开刀。那是最令他不安的东西,它装在他脑子里将会使得他没有一天好日子过。得将它移到画布上。越快越好!他想起了那个瞪眼咧嘴的玩意是在鳜膛弃的一个糟糕的小说里跳出来的,小说中同样还出现了七名叫人讨厌的女人。他决定将女人们变成头盖骨,这个想法令他感到自己的阴险,但是经过这个梦之后,他已经不再是一名善良的艺术家了。他只在乎自己的狂热和鬼点子,一切叫人惊奇的想法,和愚弄大众的艺术满足感。他想,如果一个句子的力量可以杀死一名无辜的人,那么小说家宁可上断头台也要写下这个句子。同样,如果一幅画可以在人群中炸开花,让他们血肉横飞或是魂飞魄散,那么画家也会顶着一切后果狂喜地创作这样一幅画。

他开始到大街上找第一个女人。他不能去找那些漂亮而又高贵的少妇们,那些尊贵的小姐或太太们,那些拿着夸张的扇子在博物馆的画展上用鼻子嗅着油画的侯爵夫人或子爵夫人们。教授们的女儿当然年轻,也不算很丑,而且有点艺术修养,但她们见到衣着寒碜的男人都会尖叫。最可怕的是那些聪明的女人,打着优雅的哈欠,见到画家走过来,就用讥讽的口吻问他:"你是不是刚做完一个梦啊,我的画家先生?"

"呃,是的……"可怜的画家说。

"是不是梦到了令人激动的艺术主题啊?"

"是的,可是……"

"是不是你现在需要找些漂亮女人来帮你完成你的作品啊?"

"当然,不一定要漂亮。"

于是她们发怒了。画家被女人们追赶着逃到一家妓院，因为除了这个地方，我们这些崇高的妇女哪里都敢去。画家纳闷那些女人怎么会知道他梦里的事情，他可从没有提起过。不过，他现在有了这样的想法：自从在梦中读过那本中国小说之后，任何事情都可能发生，更没有什么可以称作怪事了。

接着他有了惊喜的发现。他看到一大排女人立在他面前。每一位都身材高挑，既不胖也不瘦，脸蛋嘛……反正脸蛋不是很重要。他真是太高兴了，因为他在妓院。这地方他还不熟悉吗，以往在创作上遇到阻碍时，他就会来这里堕落、发泄，也算是寻找灵感。而他以前根本没有画成功过一幅作品，所以他光顾此地也就特别频繁。他只要手指头一点，其中一名妓女就会跟他走。每一位他都熟悉（这使得他有时犯难，不知该照顾谁的生意），他了解她们的身世和内心，对她们充满感情。他还热心地给她们讲解艺术，但是她们听了之后（她们并不是听不懂）都抱怨："艺术这东西很讨厌，它越来越让我感到自己的不幸了。"这反而使得画家认为她们全身每一个角落都塞满了艺术细胞。

说实话（我这个梦管得太宽了！），画家之所以一开始没有想到要来妓院找模特，是因为他将创作的是那个可恶的头盖骨。那是一个让他讨厌、让他蔑视甚至仇恨的东西。它代表死亡，和不要脸。那么构成这幅画的就不应该是这些他所同情和热爱的妓女们，而是那些被他所瞧不起的浅薄和骄傲的女人。他要在她们身上糅进死神的微笑，让世人感受到她们的恶心。但是他现在没办法做到这一点了，事实证明，现在反倒是他令她们感到恶心，是他被她们所仇视。想到这，他悄悄地出现在临街的窗前，看到那些围攻他的女人们渐渐地在无奈中不甘心地散去，他松了一口气，微笑着望向那么多的他的小甜心。妓女们这时本应该站立端正，面露媚态，但是画家对她们来说实在是太熟了，熟悉得就像她们自己的丈夫，所以她们全立在那里东倒西歪，毫不掩饰地哈欠连天，有的冲他做着丑陋的鬼脸，或是挥舞着小拳头，吓唬他。

画家舒服地伸展了一下腰肢。他突然觉得很幸福。像对着自己的一大堆财产，他像个财主似的变得神气起来，挠着头皮，不怀好意地笑了笑，这就代表他要作出选择了。姑娘们故意装作事不关己，高高挂起的虚伪神态。

这时，一个名叫艾芙艾特的姑娘跑过来，用手臂钳住了他的脖子。

"你知不知道，我昨晚梦见你了。"那小妖精说。

"梦到我？"

"在吃着一个又大又圆的苹果……"

所有姑娘都大笑起来，她们知道那句话的意思。倒是画家显得有点拘束。

"那……你肯定是苹果吗？"他强作镇定。

"也可能是石榴。反正是你们男人爱吃的……"

画家想起梦中的那些珍珠。"就你吧。你总是那么会说话。"

看到画家选择了艾芙艾特，别的姑娘一齐发出一片嘘声。"每次都是她！"有人埋怨。其实，这不是实话，画家很久没有照顾过艾芙艾特了。不过女人们喜欢夸张，更何况是在妒忌的时候。就这样，她们都变得垂头丧气。有的姑娘其实是打心底爱着画家的。

画家微笑着望着她们（他怀里搂着艾芙艾特），他的笑充满了神秘。"还有你、你……你和你。"他又一口气点了六个。

这当然给她们带来了意外的惊喜。不过也有人为他担心:"两根毛先生,你怎么回事?你想自杀吗?"

"真的呢!你能行吗?不要勉强自己,我们可不难为你。"

"算了,我不去啦,你下次多关照我就是啦。"

画家又露出一个十分艺术的笑容,就像有人拽着他的两根胡须往上提了一下。他充满信心地说:"放心吧,我今天可是一个巨人。"

姑娘们又一次误解了他。他现在就是要故意制造这种误解,好让她们去到他的画室。

在路上,画家(七个妓女簇拥着他!)开始感到不安,所以他先暗示她们:"你们放心,我的要求很少。"

画家说出这种不符合他性格的话令姑娘们感觉蹊跷。有人尖锐地问他:"喂,流氓!你是不是想不给钱啊?"

这倒真正让画家头疼。他身上确实没多少钱了,付给七个姑娘肯定不够。

"你不是想用你的狗屎艺术来换取我们的贞操吧?"老妓女吕西说这么逗的话,害得其他姑娘的肚子都笑痛了。

但是画家却笑不出来。他在想:到哪里去弄钱呢?

他就地做了一个梦，梦见自己流浪在犹太人聚居的城市的街头，一边行乞一边靠给路人画像挣几个钱。奇怪的是，他竟然替我小说中的人物罗大夫的梦中的人物弗洛伊德画了一幅像。弗洛伊德，这位梦的专家，一眼就看穿了这位别人梦中的画家背后的故事，甚至看出了装在画家脑子里的那个头盖骨。虽然他没说什么，但我们的画家却开始紧张起来。他握笔的手开始颤抖，最后一不小心的一笔使画家在画像里准确地预言了弗洛伊德的完蛋。弗洛伊德死后，他的画像轰动了一些人，于是不多不少的钱财流向画家的身上。有了钱，画家便草草结束了这个梦。

当他从这个梦回到我的梦里时，他和七妓女已经来到了他那阴暗、局促而且乱七八糟的画室。姑娘们在七嘴八舌地聒噪。"你们在谈论什么？"

"色狼，你来评评理。"艾芙艾特说，"绿蒂这不要脸的小蹄子竟然说她比我漂亮。"

"有时候，我是比你……漂亮。"绿蒂这孩子看来比较诚实。

"你们都很漂亮。"画家说。他说得很真诚。

但有的姑娘还是不买账，因为漂亮是不够的，得比别人漂亮才行，所以她们还是争论不休。

"他妈的，别吵了！"画家现在有了钱，说话比较有底气。"开始干活！"他大声令下。

"你们谁先上吧！老娘只想好好地睡一觉。"吕西故意这样说，虽然她很想马上占有画家，但她知道：第一个永远轮不到她，别落在最后就算好事了。她是比较可怜的一个，也比较穷。

有人开始找床。可是根本没有床！"这是什么鬼地方？"那姑娘这样质问，同时往地上吐了一口口水，表明这个烂地方只配用来吐口水。于是，大家都发现这里原来是画室，而刚才她们因为争论着谁漂亮，一直没注意到。

"洗澡的地方也没有！"有人发现了这一点。

画家不理睬她们。他打量着自己的画室，眯起一只眼来测量各个角落的光线，有时又倒退两步，半蹲着身子，斜起脑袋看着某处地面。他的身子在画室里移来移去，最后动作越来越快，眨眼就闪到了另一边，不注意根本很难发现他。这使他看上去像是在做着一种高难度的体操。

姑娘们很不耐烦。她们觉得他肯定是没有信心了。

"不行就拉倒吧。"

"大家以后会经常见面的，不要丢脸了！"

画家继续自顾自忙。他取出一块黑色的布。布是折叠起来的，他把它打开，有两张床那么宽，然后把展开后的黑布铺在了他选好的一块地面上。

"这下干净了！"他拍着手说。

"喂，你缺德啊！地板很硬的，而且很容易得风湿。"

他开始移动黑布旁边的杂物。桌啊，椅啊，画架啊，颜料啊，石膏啊，就是没一幅画。他叫她们帮忙一起搬，可是没人肯动。就算终于有人肯帮忙了，也是没好气地将那些颜料盒一脚踢开。

"根本没必要。"吕西坐在一张会转动的圆椅上抱怨。"地方够宽了，那些东西放在那里不碍事，又不是全部一起上。"

"咦，这个想法好。"一个色迷迷的姑娘几乎跃跃欲试。

"我敢打赌，他不会这样。"艾芙艾特说，"他不是那种人。"

"这可难说。"

画家虽然一直在忙个不停,但她们的表情他一直看在眼里,她们的话也全听到了。他心里一个劲地发出笑声,这笑声在我的梦里变成一阵蛙声。他终于忙完了。他笑眯眯地看着她们,艾芙艾特与另一个姑娘还在为画家会不会叫她们一块上而争论着。

"你们都很可爱,很迷人。"画家说。

"色狼!"

"我不单是指你们的身体。你们的心灵,知道吗?"

"我们的心灵告诉我们,你接下来会叫我们脱衣服。"

画家哭笑不得。他张了张嘴,却不知说什么,变成了一个哑巴。他把嘴合上后,才迸出这样一句话:"那就脱吧!"

"你叫谁脱呢?"艾芙艾特走近来问,她挑逗地抚摸着画家的肚子,又想使用老一套。

"一起脱!"画家严肃地说。这更像是命令。

"小子,我还以为你会表现得比较像一个有文化的人。想不到我错看了你。"艾芙艾特有点伤心。

"哈,我说得没错吧?"

"他今天有点不正常。可能是发高烧了吧。"

画家从现在起变得严肃了,并且一直严肃着。他已经开始投入进去了。也就是说,已经在创作了。脱衣服也是创作的一部分。

"这非常重要,我请你们把衣服脱了。"

"哼!非常重要。"有人学舌。

"不要怀疑什么。你们做的事将会很有意义。你们将是了不起的。"

"我们算不了什么,你才是了不起的。"艾芙艾特吹着口哨说,满脸的不屑。

"对,我也了不起。快点脱,好吗?"

然而,这气氛有点古怪。众妓女们竟然害臊起来,她们开始预感到自己可能不是站在一个嫖客面前,所以脱衣服对她们来说反而有点困难。她们遮遮掩掩,动作也是慢吞吞的。

"把里面的也脱了。"画家吩咐。这时他又开始陷入沉思。

很快他所需要的素材都在眼前了:女人们的身体。在他看来,此刻她们都是纯净的处女。

"你干嘛不脱呀?"艾芙艾特的这句话打消了他的关于处女的想法。

"小骚货,他想叫你帮他脱呢。"吕西挖苦道。

"我才不干。"艾芙艾特说。

"我今天就不脱了。"画家说,"我今天的任务是画画。"

这句话落在这群雪白的绵羊中间无异于一颗炸弹。她们的尖叫连成一片。有的人简直想穿上衣服走人。他果然另有目的,但没想到他的目的会是这个。画家暗自得意他的策略,多亏他先叫她们把衣服脱光之后才宣布他的主意,否则,她们现在肯定一个都不见了。

"简直比流氓还要流氓!"一个姑娘气得哭了起来。

她们肯定还没有人干过这个。有的人担心自己在画上一丝不挂的样子会叫人看到。还有的人的顾虑非常现实:怕画得不够漂亮,因为她们还没见他画过一幅画,只是听他自己说,她们便认为他是画家。

"你肯定会把我画成一头母猪。"艾芙艾特害怕画家存心报复,她经常出于好玩而刁难他。

然而画家的命令几乎是无法违抗的。他变得多么深沉,他的面孔在燃烧,他脸上的表情就像一片野火在大地上奔窜。因为他已经完全接近了主题,并和那主题拥抱在了一起。那主题便是死亡。不过,他不再厌恶。这也许是受这些充满活力和真实的妓女们的感染,他变得热爱那死亡了,他看到了死亡那足以使一切陷入沉默的强大力量——宁静,一种最能让人恢复美的本质的状态,所以,他此刻改变了创作的初衷,带着全心的爱投入到创作中。

他将她们拉到黑色的布上面,从上到下堆在了一起:

"痦子画家,这是干吗!想要我的命吗?"最底下的姑娘气喘吁吁。

画家犹豫了一会儿,将这张牌打了出去,随着这个动作的出现,他认识到某些事情悄然起了变化,至少他有了充分的时间去摆弄出他最满意的造型。可是让他很不自信的是，这是他第一次打麻将，对牌面的图案缺乏敏感，要一个一个去数上面的点，才知道这是张七筒。意识到打错牌后，对于自己的智商他产生了严重的焦虑，面对艰巨的任务，他实施了自我安慰的策略，他心里暗暗想道，这些圆圈构成的画面的确融合了点彩派的表现特点，但是作为构图元素的圆圈，缺乏美感和变化，在风格方面，虽然不难看出其摆脱传统形式的意图，但所做的努力却显得刻板，为风格而风格，充其量只是走味的古典主义罢了，如果说它也是艺术，我顶多承认它是一门装饰艺术……这样想了想，他再也不怀疑自己的绘画天赋了。

牌桌底下发生了这样一幕：艾芙艾特踢了画家一脚，踢在他的膝盖上。"快摸牌呀，轮到你了！"艾芙艾特坐在他对面。坐在他左右的一个是明政府的官员，还有一个四川人。画家知道四川人可不是好惹的，特别是在打麻将的时候，如果碰到磨磨蹭蹭不赶紧摸牌的人，他们就会骂出很难听的话来。画家想，好汉不吃眼前亏，我先讨好一下他，便笑嘻嘻地问他："兄弟，你是哪里人？""四川的，做啥子？"画家便赶紧摸牌。

啊，竹子！"我是外国的。"艾芙艾特对四川人说，她觉得这样才礼貌。画家对竹子向往已久，因为它代表着中国，只有东方才有竹子，他是在一次秘密举行的未来主义画家沙龙上听到竹子这个词的，那次他还喝了很多红酒。他舍不得打这张牌，留了下来，以便进一步观察。他又打了一张七筒出去，"拆对打？要胡牌了撒？"四川人嘲讽他。画家不搭理他，继续琢磨那张八条。这张牌与别的事物都不一样，它是一切形状结束的时刻，是线条被收割的瞬间，有着一种因向内紧缩而产生的秩序。"惊人的对称！"他想，"这张牌让我想起一个美国胖诗人写的几句诗。"这正是让他心动的形式，飘逸的竹子，不对，这种说法不够准确。"用一个什么词表示瘦瘦的竹子？"他兴奋地问道。"瘦竹。"明朝人头也不抬地说。"这个词真好。"画家沉浸在一种墨水般的意境中。"那当然,"明朝人说,"我是写古诗的。"画家数了数,八根瘦竹!他想,完了,数目不对……

"痞子画家,这是干吗!想要我的命吗?"最底下的姑娘气喘吁吁地大叫。他表情复杂地僵在那里,停止了调整,姑娘们像一堆废纸一样被凌乱地扔在黑布上。"你干吗不干脆叫我们站成一排,或者全部躺在地上呢?没见过你这种画家,这样我很累呢。"像一个 M 一样弯成几截的绿蒂埋怨道。没有人想得通,他这是在干吗。有的人开始怀疑他是不是疯啦,再加上这时他突然抑制不住自己狂笑起来。她们各自在内心里盘算着:在必要的时候,该怎样保护自己的安全。画家的狂笑的确是控制不住的,他已经得了这种病,而一个艺术家没有病,简直就不像艺术家。

"生崽呀?!"四川人骂道;他们都在等画家摸牌。他伸出右手,用食指和中指按住那张麻将,用拇指的指腹慢慢地滑动到牌面且覆盖上去。他摸到艾芙艾特那滑滑的身体,这使得他顿时屏住了呼吸,并将手指向旁边移去,她旁边没有别人。他的指腹扫过她瘦竹般的脚尖,紧紧地盖住了她身后的空间,六个女人的裸体排成规整的三排在他的手指下惊恐地颤动：

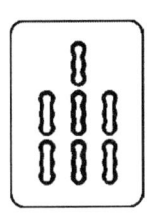

这张牌让他顿生崇敬，恢复了在画室里的严肃表情，强大无形的风格隐藏在清风吹拂下的竹林中，个性沉默了，一切都是它本该如此的样子。没有任何冲突，没有被动过手脚的痕迹。"艺术不应该体现太多的想法，而且我胡牌了，这就是这张牌告诉我的。"他想。"真不敢相信，你也会胡牌！"四川人站起来，咬牙切齿地说，并扔给画家十块钱，"再来，再来。不对，应该是不来了，不来了。"四川人说完就走了。画家也收了明朝人一两银子，然后拉起艾芙艾特的手，跑回了画室。"你干吗不干脆叫我们站成一排，或者全部躺在地上呢？没见过你这种画家，这样我很累呢。"像一个 M 一样弯成几截的绿蒂埋怨道。画家笑了。很快最后一次调整结束了。她们保持着各自被摆放好的模样，组成一个奇妙的整体，远远看去像一堆冰冷的大理石。但她们自己不知道，她们以为画家要把她们画成飞翔的样子。

画家满意地搓着双手说："不错。可以开始画了。"大部分人不敢相信这就开始画了，她们的脸还搁在暗处，被别的女人的身体挡着。

"你是不是头脑不清醒啊？两根毛先生！！你没看到我的脸被挡住了吗？"

"别吵！"画家怕她们动起来会把造型搞歪了。"别吵，我知道自己在干吗。"他用铅笔在画布上勾勒出第一根线条。

"你还没说给我们多少钱呢！"突然有人想起这个很重要的事情。这下可不好了。那个吕西已经想要从另一位躺在半空的姑娘身上往下跳了。

"别动！你们要是让我画不成这幅画，一个子也别想要。如果你们好好地配合，我一定可以把它画成全世界人都欣赏的名画。只要我成功了，你们想要多少钱都没问题。"画家这话说得很认真，也很有威慑力，而且不知道怎么搞的，还有点让人感动（也许是因为他的表情），所以大家都乖乖地不动了。

但是马上又有人发现画家太偏心了，只有艾芙艾特一个人姿势最舒服，这还不说，最不能让人忍受的是：只有她的脸是完完全全正对着画家的！画家在为她一个人画像，而她们只是陪衬！这一发现引发的危机最大。他伤了另外六名姑娘的自尊，简直无法弥补。

画家选艾芙艾特到那个关键的位置是有道理的——只有她的脸是最美的，她的眼神里刚好结合了死神的悲哀、冷静和调皮。另外，只有她的乳房从正面看去才显得浑圆、饱满，蕴含着无穷的生命气息。那是死亡本身强有力的生命的象征。但是，所有这些，姑娘们都不知道，她们只知道画家严重地伤害了她们，只有艾芙艾特暗自得意。她想：怪不得我很小的时候就老觉得自己可以做一位王妃。还好，她没把这个想法说出来，不然，这画肯定画不成了。

其实已经有人想不干了，她们越想越生气。所幸画家一直在一旁安慰她们。画家说："美。知道美吗？你们都很美，可惜你们不是画家，否则，你们只能每天欣赏自己的美了。"

"少恶心了。你要不是做了亏心事，会无缘无故地说这么好听的话吗？"尽管这样说，她们的心里还是稍微好受了一点。

画家又继续说："其实美不只存在脸上，你们没有发现身体的其他部位也很美吗？"

吕西说："少来吧，我每天跟身体打交道，怎么没发现呢？"

画家耐心地边画边解释："那是因为你自己眼光太高了（他简直不知道自己在说些什么！）。其实美是普遍存在的。看不到美的人是悲哀的。"画家告诉她们，必须团结，因为她们现在是一个整体。"你们被我画到作品中的形象都是非常美的。无论我画的是你们身体的哪个部位，都同样的美。"这种说法勉强让人接受。于是终于安静下来。

可是画家还没清静地画上一会儿，问题又来了。艾芙艾特突然尖叫起来："流氓！痞子！你这么说，意思是绿蒂的屁股和我的脸一样美吗？你太欺负人了！"这话也有道理。画家陷入了无言。这下轮到其他姑娘得意了。"哈哈，我的屁股和艾芙艾特的脸一样美！""我的脚丫子和艾芙艾特的脸一样美！"艾芙艾特又委屈又气愤，她使劲地咬自己的嘴唇，眼泪夺眶而出。

画家不知道怎么会导致这种局面。他又发出一阵狂笑，简直歇斯底里。这下把她们镇住了。画家笑起来的样子很可笑，笑过之后又显得很无辜，很可怜。我想，我们的艾芙艾特应该原谅了他。她脸上挂着泪珠，嘴里却含着嗔笑："笑什么笑，流氓！"

画家全心地投入到创作中，但为了使她们安静，他决定一边画一边给她们讲一讲艺术。他又怕直接讲艺术会使她们睡着，所以他讲起了艺术家和艺术作品。他竟然讲起了我。他讲起——"在中国，有一位了不起的年轻作家——他还没结婚呢（"关我们屁事啊？"艾芙艾特插嘴）——他写了一本很棒的书，一本短篇小说集。"他讲起了我的几个不算太差的故事。

"又没写爱情。"一名屁股正对着画家的姑娘说，"有什么好？"

"你认识他吗？生活中的他是不是脑子有毛病？"吕西说。

"呃，没见面。但我想我可以找到他。"画家说。

"你在哪里看到的这本书？可以借给我看吗？我觉得有点意思。"这是艾芙艾特在问。

"在梦里。"于是,画家又引起了公愤。

"你是不是这么无聊啊?接二连三地捉弄我们!"

"是真的。"可她们一点也不相信。她们认为开这种玩笑的人比她们所接待过的任何客人还要幼稚、无知。还好大家都是熟人,要不早就一顿脚板把他踩扁了。

她们不再搭理他,而说起了别的事。说了一阵别的事,有人就毫不留情地抱怨另一个:"别靠我那么近!讨厌。你的屁股很臭啊!"那人便奇怪了:"喂,婆娘!你说话注意点。我的屁股又没贴到你鼻子上去,你觉得臭关我什么事?我看可能是你自己的脸臭吧。""啪——!"不知谁打了谁一巴掌,也不知打在脸上还是屁股上。画家赶紧把头从画布上抬起来,又发出一阵狂笑(这次是故意的),才没使一场战争爆发。

他画得很快,因为那画早就装在他脑子里。他真是个天才。可她们还是累得有点支撑不住了。不断出现了一些摇晃的现象。艾芙艾特脸上开始出现痛苦的表情。"你怎么啦,艾芙艾特?""你能不能快点啊?我快没力了。""很快好了。你别皱着脸好吗?表现出……宁静（他差点就说死亡的宁静了），你这样很丑你知道吗？"

"怎么？你在画我的脸了吗？"艾芙艾特慌了。

"还没画。"

这下她才放心。

然后，他转眼间就画好了。至此，姑娘们还不知道他画的是什么。他想如果她们知道他画的是一个头盖骨，不气疯才怪。他看着他的得意之作，心中充满了崇高的感情。他看到了死亡之美同女性之美的结合。他想：我是不是想表达出女人的美丽对我们来说就像死亡的威胁呢？他不知道答案。他又想：我可能还是更多地表现了死亡对美的占有吧……唉，管它呢，我的任务已经完成，至于表达了什么那是别人的事，现在的问题是如何保护这幅杰作。不能让女人们看到它。画家早有准备。他说："现在全都闭上眼睛。"他怕那些背对着他的女人会转过身来偷看，所以干脆叫她们全都闭上。她们照办，她们想：肯定是闭上眼就画得更漂亮了。于是画家把头盖骨从画架上取下来，藏到了橱子的最顶层。他把准备好的一幅意大利文艺复兴时期的《七仙女图》的复制品夹在了画架上。"好了！完成！"

她们兴冲冲地跑过来（好像还不够累一样）。她们看了那幅画，都觉得很美，还纷纷找到了自己——不过对于各自为画中的哪位稍有争论。有人说："怎么变了样呢？我们不是这样坐着的，也不是在树林里啊！"艾芙艾特似乎很讨厌别人在她欣赏艺术作品时叽叽喳喳，所以很不耐烦地说："啊呀，你懂什么？这就叫艺术。"

艾芙艾特哭了，因为她看到画里面的自己确实很美，真的很美，比任何时候都美，比她以前想着当公主当王妃的时候还要美。她们都看了那幅画，都说太美了，而且都得到了一笔不多不少的钱。

后来，被画家真正画下的那幅头盖骨给画家带来了作为一名画家所能得到的一切，当然也包括声誉和财富。不过，画里面的人物从没有看过这幅画，因为她们没有去美术馆的习惯。她们一辈子只真正欣赏过一幅画，并发誓那是全世界最美的画，那就是《七仙女图》。

在梦中时间过得真快。画家又飞快地画了一些画，都是让人们的脑子爆炸的好画。他充满自信，这使他很快便与一名著名诗人的老婆搞在了一起。他们很相爱,爱到请求对方杀死自己的程度。但是,艾芙艾特天天来缠着画家,她已疯狂地爱上了他。画家当然不会爱她,他有了诗人的老婆。面对艾芙艾特的纠缠,画家想了一个办法:"有一个人比我更有才华(男人在这种情况下说这种话很正常),记得我给你讲过的那位年轻的中国小说家吗?——他还没结婚呢。"于是,马上,我自己的形象出现在了我梦里,出现在艾芙艾特面前。画家不见了。我有点紧张,很想讨好艾芙艾特,其实我早就爱上她了。她看透了我的心事,她还看出我确实很有才华。她故意说:"我为什么要爱你呢?"

"因为我们有缘。"

"谁跟你有缘?你凭什么这样说?"

"因为我在梦中看过你没穿衣服的样子。"

这一下,她非常非常非常地生气。她气得哭了:"为什么你们都捉弄我?为什么戴眼镜的人都这么流氓?"她扭身就跑。

我想:我不能让她跑了,我这辈子见过的最美的女人就是她了。我撒腿就追了上去。她的白色衣裙和黑色马尾在我眼前飘飞、跳跃,越来越近,越来越近,我很快就要抓住她的裙角了。

2005 年,都匀

严禁虚构

弗拉基米尔·纳博科夫原来是这副模样，矮矮的个头，瘦长的脸上爬满了火红的胡须，他的眼珠不安地四处滴溜，这次他终于回到了祖国和圣彼得堡，但仍然没有找回充分的自由，一种知识分子的小心谨慎和感恩戴德使得他手脚僵硬，上楼梯时磕磕绊绊，碰掉了好几个锅和盆。坐在一楼客厅角落里的那位七十多岁的白胡子敏捷地抬起头来，盯了他一眼，在这间人们成群扎堆挤得满满的宽敞客厅里，这老头显得有些落寞，而且他无论看谁都是这样，毫无兴趣地瞅上一眼，目光飘开之前，总是先缓缓地合上眼睑，满脸下垂的肉团使劲一绷，发梢和须尖都克制地颤抖起来，使得被他盯过的人即刻感觉被冤枉了，想走过去同他辩解一番。纳博科夫轻轻地叹了一口气，犹豫了一会儿，继续朝楼上登去。"妈妈，我发表过几篇散文了。"拐过楼梯的拐角时，他突然立在那里，墙壁外只露出他半个佝着的背影，也许他母亲正迎面站在那墙角吧。接着他发出一声呜咽……"太委屈啦，太……"一些奇怪的声音。

楼下一片喧闹；门口不断地有从遥远的异域乘飞机或搭轮船而来的代表们踏进来，不管进来的是谁，总会有眼尖的人一眼瞅见，发出一串惊呼。但那只不过是臭味相投的人的举动，大部分人则继续高谈阔论，朗声笑着，表示他们根本不去注意出现在门口的家伙。当福克纳一边咳嗽一边叼着烟斗走进来时，门背后正巧有人饶舌："快给契诃夫打个电话，快。"这位被好几个人的肩膀挡住了大半边脸的仁兄准是看好了这个时机才发表这种谬论，就好像在他看来，契诃夫是福克纳的天敌似的。福克纳开口咒骂这鬼天气，说俄罗斯的乡村是典型阴郁的风景画，"在这块大得没边的土地上，缀满了这种灰溜溜的艺术品。"他说。一个年轻、油头滑脸的美国瘦子从人们的腋下钻了出来，冲福克纳打了声招呼："嗨，老乡！"福克纳点了点头，问他："什么时候到的？"但是由于他用的是一种奇怪的语法，那个自称是他老乡的小伙子一点也没听懂，他知道他听不懂，没等他回答，就在欧·亨利和大仲马的簇拥下朝着一位托着托盘的哥萨克侍者走去，其中大仲马又跟他保持着一种刻意的距离，因为他的声望并不在福克纳之下，而且他们的交往还是以福克纳写信给他开始的。"来一杯怎么样？"福克纳终于想到一个好主意（他自以为），进一步明目张胆地说："身陷海明威的波涛之中！"大仲马用欣赏的目光端详着他的脸，旁伸出去的手准确地从托盘里夹起两只高脚杯，一杯递给福克纳："身陷海明威的波涛之中！"欧·亨利也抓起一杯酒，跟随着吆喝了一声："身陷海明威的波涛之中！"他喝的时候，大部分从嘴角漏掉了，他懊恼地抹了抹嘴。

贝克特带着他女朋友来了。他带来一盒欧洲牌子的香烟，管村子里那些俄罗斯农夫叫老哥，并叫他们尝尝这种罕有的纸烟，他教训他们："卷烟可浪费口水啦，还浪费空气。"他们一个劲地点头，说的确如此，这不都快穷得揭不开锅了。贝克特摆脱了他们，朝纳博科夫家里走去，他的女朋友紧紧地挽着他的胳膊。由于他的鼻子在一个星期前（也就是收到邀请函的那天晚上）跟一个不良的公子哥斗殴时，被对方用拳头上的指环击破了皮，并在第二天早上马上就肿了起来，所以他的女朋友一刻也不得闲，她不断地用指腹去抚摸那肿块，并抹掉上面渗出来的淋巴液。这事情她可喜欢做啦。"这种细心跟写作没什么两样，万物都是相通的。"她强词夺理，并鼓起粉嫩的腮帮子来，想叫他往那上面亲上一口。贝克特拿她无可奈何。"这是我的……那啥。"贝克特向众大师这样介绍她，他们认真地听着，且都不约而同地开动起各自那杰出的脑筋来，琢磨着这奇特的人间异象。突然一张紧皱着的脸笑开了，像被仙气吹过马上绽放的神秘花朵一样，这张脸就是 D. H. 劳伦斯，他已经率先琢磨到了什么，但他没有打断贝克特的话，因为他在这通关于他女朋友的介绍中正说到最关键的地方："她叫柴柴，来自中国·南宁，五十年后她写了一部不错的小说《草莓僧侣》，得了诺贝尔奖。"劳伦斯轻轻地"哦~"了一声，似乎他所有的猜测都被证实了。"是在您之前吗？"一个声音小心翼翼地问道，他的长相和穿着都是那么的得体，就像一幅硬纸皮的剪影……嘿，这不是博尔赫斯吗？多么年轻的博尔赫斯啊！贝克特摇了摇头："不。在我之后，我是二十年后，因为《莫菲》——我现在已经写完它了。""毫无意义，"武者小路实笃满脸不屑地说，"不发给年轻人仅仅是为了更大的把握，为了他们那十八张没处搁的老脸！既然将给你带来那笔奖金的作品你已经写出来了，为什么不现在就把奖金发给你？这样有什么意思嘛！""政治。"他旁边的奈保尔一语道破天机，并且以为自己铿锵有力的两个字已经引起大伙的注意，所以赶紧往嘴里塞了一块水果布丁，想留给别人一个沉着和性感的印象。贝克特压根没理这两个不起眼的人，反而同长得一表人才的博尔赫斯寒暄起来，他关切地问他："那您是哪一年，我的朋友？""先生，"博尔赫斯挠着头皮，"我没有，您一定是记错了。""没有发给您？您的意思是他们宁可发给那些大字不识的大作家，也不发给您？""恐怕是这样，先生。""您是哪一年去世的？""在他们看到备忘录上写着我的姓名之前，那条备忘录本来是要提醒他们瞧一瞧我的作品的，先生。""这可真是……国际玩笑。"贝克特痛心地说，"顺便问一声，您看到普鲁斯特了吗？"博尔赫斯本来想告诉他，没有见到普鲁斯特，但是奈保尔终于忍不住抢过了话语权："普鲁斯特先生正躺在楼上的沙发上，同阿特伍德小姐聊得正欢呢！"于是贝克特马上转过身，走开了。莫里亚克见状，踱过来挽住奈保尔的手臂，在他手背上拍了拍说："走，我们去找海明威聊聊，他会让你大开眼界的。"奈保尔说："哦，是吗？那敢情好啊。"

屠格涅夫走进来的时候，人群中突然传遍了一阵压抑着的紧张，不少人竭力使这场面变得平常，不让更多的人发现这位既重要又麻烦的人物的到来。"这边走，这边走。"几个年轻的晚辈连拖带扶地拉着他贴着墙壁前行，试图马上将他送到楼上去，让普鲁斯特、纳博科夫、伍尔夫、阿特伍德他们陪他聊一聊二十世纪正开始流行起来的超现实主义文学，而避免让角落里坐着的那位坏脾气的白胡子老头发现他。"老东西！"有人避着他，又损毁他，但那人马上被正站在不远处的芥川龙之介的拳头给收拾了。"我要在这里呼吸一下俄罗斯冷冽的空气，你们为什么撵我上楼去？"屠格涅夫发脾气了。芥川龙之介赶紧跑过来说："老先生，楼上有您的老朋友福楼拜，他吩咐了，您一来就让我们带您上去见他。""啊，福楼拜……"

屠格涅夫陷入了美好的回忆中："还有卡夫卡——我的孩子，我的影子。"他的眼睛湿润了。远处有人喝起了倒彩："说得不错，但是崽子们，别让他乱说话行吗！"芥川龙之介气得咬牙切齿，他暗暗地摸了摸衣襟下的刀柄，对着武者小路实笃耳语了一番（"你照看好老先生，让他上楼去，我到那边去瞧瞧。""小心。"武者小路实笃点头说道），便拨开人群朝着那个闹哄哄的角落坚毅地走去。

消息很快传到了楼上，纳博科夫焦虑地在书房里走来走去，"千万别在我家里打起来！"他憔悴地说，为的是让这些朋友们看到他已经被这次会议折磨成什么样子了。"首先是两个美国佬，然后是两个土生土长的俄罗斯古董，将我母亲的家里变成一个大战场，而如果他们知道了我的文学观点，恐怕打完了那一仗，还会顺便往我身上浇上汽油将我烧死在那棵我六岁时种下的樱桃树下。这是什么世界？嘀，我刚才还在楼下听到那帮穷鬼在凶神恶煞地叫嚷着身陷海明威的波涛之中呢。我的神经是脆弱的，普鲁斯特先生，我的神经就像一把扇子一样一撕即破……""并不出彩的比喻，不过我想听听普鲁斯特怎么看。"这个人跷着二郎腿紧紧地蜷缩在长沙发的一端，身上的大衣由于布料坚硬而显得线条利落，双手插在衣兜里，用双臂暗暗地压扁着自己。普鲁斯特侧躺在长沙发剩下的位置上；或者说由于他这么躺着（一只手肘支在沙发面上，手掌撑着那颗细小而匀称的脑袋），占据了沙发的大部分面积，使得穿着硬邦邦的大衣的那位也就只能紧紧地缩在他的脚没伸到的地方了；他缓缓说道："高尔基同志（原来穿大衣跷二郎腿的那位就是高尔基！），我对比喻句并不关注，我对文坛偶像——没错，我这里是有所影射——也向来是嗤之以鼻，对帮派，对主义，对绯闻，对意识形态，总之对一切并未触及那个核心的玩意概不感兴趣，而核心就是形式，梦一般的形式，而形式就是美，是赋予缥缈以形态，以外貌，根本的根本就是让一个观念变得生动，有生命力。""老掉牙的论调……"高尔基嘀咕一声，随即又干咳了一声，用洪亮的嗓音说道："我没说什么。"但他打心底坚信自己是正确的，他想到自己起早贪黑地塑造了那么多的人物形象，想到自己关注过的同行（他们都变得伟大起来），如果有人说写作只是为了自己穷开心，他虽然不至于去跟这种人吵架，但他会从内心里否定这种黑暗的思想。这时屠格涅夫被武者小路实笃和海礒明搀扶着上楼来了,高尔基心里的阴霾一扫而光,他轻松地站起来给老人让座,连普鲁斯特也从沙发上一跃而起,并穿上了鞋子:"您请坐,先生。"他用俄语说道,带着一种古怪的巴黎腔。纳博科夫还在书桌后面骂骂咧咧,这时也赶紧闭了嘴,不过他安心了,因为看到屠格涅夫身上并没有搏斗过的痕迹。"我们正在谈论莎士比亚。"他自我嘲讽地说道。屠格涅夫点了点头,严肃地环视书房,看到主人身后的书柜的顶格摆着他厚厚的全集,又飞快地望了望每一张面孔,然后满意地坐了下来。"福楼拜,我的老朋友,你好……"他对福楼拜说。福楼拜(他陷在另一张单人沙发上)懒洋洋地斜过身来,伸出手让他握了握。"托尔斯泰没有来吗?"老人用干燥的嗓音问他们当中的随便一位。没有人抢着回答,于是纳博科夫(他最痛恨撒谎)苦笑着说:"在楼下角落里一个人坐着呢,刚才已经狠狠地剜过我一眼了。"屠格涅夫又满意地点了点头:"呃,楼上就你们几个人吗?""男的就我们几个,"纳博科夫说,"姑娘们在那一头围在一块打瞌睡呢。"这时一直没说话的海礒明随着主人的手指扭过头去，看到在宽大的书房的另一个不起眼的角落里，有四位女士坐成一个圈，将只有一颗拳头那么小的脑袋搁在交叉的手腕和膝盖上一动不动地睡着，在她们后脑勺上，以那朝向天花板的发髻为中心，都闪烁着一个微弱的七彩的光环。

三天后，会议结束了，卡尔维诺在意大利收到了一封来自国际作家联盟的警告信。他被告知已经被写进黑名单，由于蔑视一次诚意的邀请，一次重要的大师们的聚会，尤其是蔑视一个与众多可敬的前辈们见面讨教的机会。"写进黑名单意味着什么呢？"卡尔维诺暗暗思忖，并感到好奇，他翻到信的第二页，上面赫然写着："被写进黑名单意味着你将会成为头号监督对象，意味着你要格外小心，而我们对你也会格外小心。等着瞧。又及：为了你自身的安全，希望你能通过别的途径了解到此次会议的精神。"卡尔维诺跳了起来，心脏立马被一阵恐惧揪住了，他赶紧拿起笔来回复："国际作家联盟的各位尊敬的领导：你们好！我在一分钟前怀着无辜的心情得知我已经被视作一个蔑视贵组织的好意邀请的人，一个蔑视我自己无比尊敬的大师们的人，并因此进入了贵组织的黑名单，这对我而言已经构成一次沉重的打击。我创作的道路才刚刚起步……"他写了一堆肉麻的话，最后他写这次未能出席会议的缘由，"哦，意大利这边仍是春光明媚，而在遥远的西伯利亚却已经是冰天雪地，我们这个倒霉的国家的航班全部在阿尔卑斯山脉上空跟一群胆小鬼似的，像光遇到镜子那样，灰溜溜地返回来了，而当时我还不知道事情的真相呢，只知道飞机仍在天上飞着，我仍怀着美好的期盼，做着白日梦，想象不久之后我将置身于一屋子一流作家之中的情景，那情景光是想一想都让人激动不已，当我乘坐的飞机稳稳地降落在跑道上时，我以为我看到了俄罗斯那坚实的大地，闻到了东方泥土的气息，我以为机场店铺的货架上摆着的一瓶瓶全都是能点燃我们血管里的液体的伏特加呀……"他得意地以为自己特别能瞎掰，所以写得更起劲了。

"我找纳博科夫。"他给他的好朋友纳博科夫打电话，对方说我就是。

"甭提了，"纳博科夫在电话里一肚子火，"这次臭名昭著的会议将我家里搞得臭气熏天。你没来？哦，怪不得，我说怎么没见到我的老朋友呢。你知道吗，两次斗殴事件，一次严重诽谤，一起桃色事件，二十次撒酒疯，福克纳一喝酒就嚷嚷身陷海明威的波涛之中，贝克特带了个小姑娘来，普鲁斯特的脚气弄得女孩子们十分难堪，劳伦斯的狐臭……"

"我有麻烦了。"卡尔维诺打断了他。

"哦，你是有麻烦了。"纳博科夫咂了咂嘴，"你没来？"

"我碰到点事情，来不了。你能向我转述一下会议精神不？"

"天气变了。"纳博科夫打起了暗语，卡尔维诺仿佛看到自己的心在一潭透明的水中沉了下去，"你得多加点衣服，以防冻僵。"

因为怕电话有人窃听（事实上，的确有三个潜水员在海底窃听），卡尔维诺匆匆地结束了这些谈话，他说："写封信给我，告诉我一切。多加小心。我应该跟你说晚安吗？我这边是深夜。"

"早安。"纳博科夫挂上了电话，又回床上睡觉去了。

一个阴冷而又潮湿的早晨，颓废、沉寂了五个星期的卡尔维诺从他那乱糟糟的床上翻身坐起，一阵风似的脱下只有在室内才穿的秋裤，换上那条沾了一点街道上的粉尘的紧身直筒裤，一个花哨的动作之后双臂套进了米色哔叽休闲西装的袖子里，接着又对着衣柜门上的长方形镜子熟练地系好领带，用十个手指当作梳子使劲地梳了梳他那头浓浓的卷发，"哦，什么风把你吹来了？""我来看看你，舅舅，这是你最爱吃的火龙果。"镜子里是他突然转身离去的背影、他风风火火地用力拉开的房门，吱呀一声——紧接着又是砰地关上了（在他消失在门外的楼梯口时），整个房间的空气随之沉重地晃动起来，镜子像水面一样被晃出了无数道涟漪，镜面在几乎要碎成无数块的一瞬间突然被一股力量扯平了，又清晰起来，里面映出的是舅舅家阴暗的客厅，卡尔维诺同一个男子热烈地拥抱。这男子很年轻，看上去跟卡尔维诺差不多，这是卡尔维诺的母亲有太多兄弟的缘故。

"哈，火龙果！真不赖。"那位年轻英俊而且有那么一点高贵的舅舅拍了拍他的肩膀。

"我遇到麻烦了。"卡尔维诺告诉他。

"我知道,你哪次不是带着麻烦来的?"梅达尔多·迪·泰拉尔巴舅舅责怪起他来,不过他的眼睛里流露出一种甜腻的爱意,那温柔的目光似乎在鼓励对方大胆地说出来,因为他已经做好牺牲一切的准备了,为了他,开膛剖腹也在所不辞。

"是的,的确需要……"他没有说开膛剖腹这四个字,"在你身上作出一些残忍的……尝试。"他突然哽咽起来,一双因长期失眠而深陷下去的眼珠干巴巴地躲避了几下(因为舅舅的目光一直盯着他的脸看),他望着舅舅的鞋尖说:"我已经失去了虚构的权利,该死。"

舅舅将雪茄从嘴上移开,他的睡袍突然散开来,这象征着这个消息令人遗憾的程度之深,他的胸膛枯瘦,洁白,没有胸毛,可能象征着一种苦涩或不祥的预感。"是因为那次世界作家大会吗?"

"纳博科夫已经写信告诉了我,关于那次我没去参加的令人恶心的会议,几个爪牙控制着整个会议,他们以军队和政府为后盾,提出了无理的要求,规定我们只能写发生过的真实的事,任何细微的虚构都会构成犯罪……"

梅达尔多·迪·泰拉尔巴舅舅将咬了一半的火龙果扔到了墙上。"舅舅,你的反应比我还强烈。"卡尔维诺的提醒令舅舅感到不好意思。"这么说,你已经被剥夺了唯一的自由?没有这个,你怎么活下去?"

我们的小说家耸了耸肩膀,"走着瞧呗,"他说,"他们会弄巧成拙的。"

"这样你还能写?"梅达尔多·迪·泰拉尔巴子爵惊讶地将酒瓶从嘴唇里拔了出来,并且打了个酒嗝。"所以我来找你帮忙。"卡尔维诺说。"你想从我身上挖掘素材?对吧,聪明的小伙子!没错,我身上是发生过几次浪漫的爱情,我保证都是真事……"舅舅吸了吸那根快要熄灭的雪茄。

"我只写我想写的故事。"——卡尔维诺语气坚定。

"你想写什么?"舅舅未免有点失望,因为他还在回味自己谈过的两次恋爱。

"一个保险推销员,一个像你这么平凡、正常的人,被劈成了两瓣,左一半,右一半……"

"这么说,你只想写一个呆子,一个平民百姓,而不是一个像你舅舅这样的人,你想写一个活该被分尸的混蛋。"

"这事只有你能帮我,舅舅。再说,那不是分尸,他被分成两瓣之后,变成了两个人,他们都活着。"

起码沉默了五分钟。之后,舅舅乏力地摆了摆手臂,好似一个不胜酒力的人那样,用浓浓的鼻音说道:"哇哦,发生了什么?我怎么感到一阵混乱,让我理清一下头绪,这个早晨到底怎么啦?"停了两分钟,他终于清醒了一点,"首先,我不是一个推销员,更不是一个分成两瓣的推销员;其次……暂时没有其次,如果你的前提是任何一个傻瓜被分成两瓣之后仍然能活下来的话。"

"我可以写一个被分成两瓣的梅达尔多·迪·泰拉尔巴子爵,如果你肯帮我,那仍然是我想写的故事。我不在乎他的身份,我在乎的是他身上这种优秀的难得的分裂感。"

"嘀嘀!谢谢你认为我身上存在着这么不错的品质,这种……分裂感,"(没有办法,他只能沿用这个词),"那是个很罕见的玩意,可我身上确实有这种东西,我能感觉到它。"

听着这讽刺,卡尔维诺想:太艰难了。我写作的难度突然增加了一百倍,这意味着只要有一丝力气,我就只能将它用在为写作而进行的斗争上,我的感情,我的智慧,甚至我的阴险,我的软弱都必须发挥出来,使用在同一个方向上。这意味着我将告别了休息,我的生命被抛入了奔波劳累和无休止的旋转当中,像世界上的一个小小的漩涡。

他意识到他同舅舅的感情彻底破裂了,但这巨大的代价为他换来了一次机会,舅舅像一个在情人面前心灰意冷并拒绝拥有主体意识的被辜负的一方,又像一个因为爱情在心底枯死而不再珍惜自己的肉体的冷漠的姑娘,甚至在歹徒戳过来的生殖器面前也显得无动于衷。他将自己的身体交给了外甥,他的配合成了他的武器。

卡尔维诺伤心欲绝地走在去邮局的路上,这天上午因为天色阴暗,空气中飘浮着猫毛般黯淡而呛人的水汽,街灯仍未熄灭,仍然照亮着湿漉漉的路面,以及布满路面的水坑。他往邮筒里投入几个信封,这些信封被塞得鼓鼓的,它们被寄往世界各地:西班牙、法国、希腊、埃及，等等。他每天顺便从邮局里取回从这些地方寄给他的来信。

取完信，还来不及看（他一般留到晚上回到家里才一一拆阅这些信件，并写好回信），他便匆匆赶往医院。他的舅舅——那左半边舅舅——躺在一张病床上，他只有一条左腿，一条左臂，一只左眼，一个鼻孔和半张嘴巴。护士正在给他拆线。舅舅用那半张漏风的嘴给他讲述了计划执行那天的情况。

在一望无际的波希米亚草原上，尸横遍野，眼神忧郁的梅达尔多·迪·泰拉尔巴子爵双腿软绵绵地夹着一匹掉着毛的灰马，乏味地穿过这片发出恶臭的土地，身边跟着的是他的马夫库尔齐奥。"波希米亚草原！为什么去了那里？"卡尔维诺双手一摊，惊讶地抹掉了这幅画面。"按照您的指示，我的外甥，我四处找人来同我演出这场闹剧，我能找到的全都是混迹于下等酒馆的土耳其人，只有他们为了钱可以连命都不要。所以这只能是一场针对土耳其帝国的战争……""这么说，我得将我的小说开头改一改，如果不是这样，我就犯了虚构的禁忌。"卡尔维诺闷闷不乐地掏出铅笔和笔记本来。"那里是什么情形，都有些什么?""白鹳,"左半边舅舅说,"成群的白鹳,它们蹲在灌木底下吃死人的肉。"他马上将这一点记了下来。白鹳从他们前方被惊起,然后又绕过他们头顶,在他们身后落下,到处都是它们进行咀嚼的声音,像是一大片时钟走过的声音。他骑着马,和他的马夫一道迟钝地穿过这片草原,遥远的、被清晰而深厚的大气折射后缩小、变得紧凑的太阳晒着他们,使这三个移动的肉体远远看去,像是空气中一个模糊的污点。啊,大量的细节!卡尔维诺贪婪地盯着这幅画面看,同时用铅笔记录着。"然后你就遇到了土耳其人,是吗?""是的,"舅舅跳过了那些细节,直接讲他是怎样被炸开花的。他的土耳其朋友在战场对面架起了一座火炮,他们仔细地往弹壳上涂上麻醉剂和血凝酶后,就将这颗炮弹射在了他和他的战马身上,他像一张纸一样轻飘飘地飞了起来,随即失去了知觉。"你瞧瞧我,"梅达尔多·迪·泰拉尔巴舅舅说,"我不得不承认这些亡命之徒,大大咧咧地将这事办成了。""谢谢你,舅舅。今晚我就能写好小说的前两章了,明天我将第二章交给你。祝你早日康复。"

午饭时间到了,他坐在一家中国餐厅里吃自助餐。窗外阴霾沉沉，他感到一丝忧郁，他心底有个声音在审问："我这样做，对吗？我为了谁？"他想到那些可爱的读者，想到这些人是多么聪明，多么优越，他觉得无论如何，还是无法忘记人类的高贵。而这些读者，说实话，他一个也没见过，但他又好像每一位都见过，因为他每天都在大街上或公寓楼梯的拐角遇见这些人，他们浑然一体却又截然对立，而他那些隐蔽的读者，不管怎么隐蔽，也不外乎是这些人当中的一员。"这样值得吗？"他闪过一丝令他狂躁的猜忌——他所做的一切正是为了他们，又在某种程度上是由他们造成的，因为他们当中有那么多人不会错过一个去揭发他的机会，正是这样，他必须花上十倍的努力，将事情做得不留痕迹，"这样值得吗：为了一些人，而去牺牲另一些人？"他想到波希米亚草原上那些平白无故的死尸——虽然他知道这些为了给小说筑起一个丝毫不差的现实基础而义务献身的人，都会被一种神奇的医术救活，但他仍然无法遏制心底翻涌而来的悲伤——想到那仍无消息的右半边舅舅，他担心他已经被成群的白鹳吃进了无数细小的手套状的胃里，并变成可悲的鸟粪拉遍了整个波希米亚。啊，不可能是为了某一些人。他咔咔作响地嚼碎了一块猪粉骨,继续想,如果是为了他们,那另外一些"他们"呢?凭什么这些人拼了命地工作,而那些人享受,同样是跟我素不相识的人!这种假设毫无意义,而且自欺欺人,必定是为了某一个人,这个人是唯一的,不可替代的,我用来摇出不成曲调的哀歌的那只铃就系在她腰上,他用一个谦虚的念头结束了这次遐想。

利用餐后的片刻小憩(他自觉地遵守这良好的习惯),他甜美地回想起三个礼拜前意外地遇见欣富罗莎小姐的情形。那天他本来约好要去见梅达尔多·迪·泰拉尔巴舅舅的,后者在电话里告诉他已经找到了一大帮人,正准备布置一个战场,"嗬,一个战场!那到底是怎么回事?"卡尔维诺夸张地表现着自己吃惊的样子,而事实上他才不吃惊呢,他觉得只要他一到场,立马就会枪毙掉舅舅那幼稚的想法。他只不过觉得舅舅这种自作主张的作风令他感到好笑,这位封建体制残骸下的爵位持有者自以为是主角,就可以随意地篡改小说情节,他将马上跑到他家里去,狠狠地羞辱他一番。即将被羞辱的绅士哈哈地笑了,他神秘地说:"你来,我再告诉你。"但是他在半路上遇到了欣富罗莎小姐。"啊,欣富罗莎小姐,"他说,"如果我没有认错的话。可是上帝啊,我又怎么会认错呢?"他吻了吻她伸过来的手背。"意外的收获。"像是在评价自己的这个吻。接着,他回忆他们做爱,在旅馆那坚硬的床上,那有如永恒的凝滞的橘黄色灯光下,窗外的汽车轰轰地驶过,每次驶近时都感觉要撞破邻街的墙壁闯到他们的床上来,接着又带着叹息和咆哮般的轰鸣远去了。他荒唐地听到有鸟儿在叫。而正是在这时,他舅舅焦灼地踱着步子,一会儿看腕上的手表,一会儿望向壁炉上的挂钟,正是在他尽情欢娱的时候,舅舅带着整个土耳其团队包客机离开了这个城市,飞到遥远的波希米亚草原去了,他想送给外甥一场战争作为另一个意外的收获。"欣富罗莎,你觉得一个攀爬在树上的男爵应该叫什么名字好?"卡尔维诺一边刷牙一边问她。"柯希莫·迪·隆多。"欣富罗莎一边看动画片一边回答。"为什么呢?""因为根据统计,全国叫这个名字的男爵最多,有一万八千两百零二个。""我的乖乖。"卡尔维诺长长地舒了一口气。他们的想法非常朴素,既然在现实生活中寻找一个真正愿意一辈子生活在各种树枝上的男爵是不可能的，那么为什么不找一打男爵让他们每人在树枝上生活一段时间呢，这种事情很多人都愿意干，只要给他们一些钱。我只需把他们每个人的这段特殊经历写下来，或者换句话说，只要把我小说里写到的事情，吩咐下去，让每一个攀援在树上的男爵照着小说所写的去做，那么我的小说就可以成立了。而如果这些人都叫同一个名字，属于不同的年龄阶段，那么它就会产生这样一种艺术效果：看起来就像是描写同一个角色的一生。哈哈，这简直是太完美了。"你笑什么？"欣富罗莎一边看动画片一边问他。

卡尔维诺从西装口袋里掏出一张皱巴巴的纸，上面是他几天前从一本电话簿上抄下来的一个地址：1767年的翁布罗萨。他叫了辆出租车，来到这个地方，在车上他不失时机地打起了瞌睡。出租车停在一棵高大的栎树下，下了车，他看到自己站在一幢白色的别墅跟前。一个男人走出来。"是阿米尼奥·皮奥瓦斯科·迪·隆多男爵吗？"卡尔维诺同他握了握手，那是一位和蔼可亲的绅士，他说："是我。""你有一个儿子，叫柯希莫，对吗？""有这么一位。"那人半眯着眼睛说。

在盛情款待的餐桌上,卡尔维诺见到了这一家子人:两个活泼可爱的男孩,和一个看上去过于深沉的姑娘,她是他们的姐姐,还有他们的母亲,一位严肃且自卑的修女。"柯希莫,"卡尔维诺对稍大一点的男孩说,"你愿意接下来在树上生活一阵子吗?""一阵子是多久?"那孩子一开口就暴露出某种罕有的个性,他表现出来的完全不是好奇,而是一种对于事物合理性的评估心理,似乎他认为在树上生活是每个人都必须经历的阶段。"一年,或者两年。"卡尔维诺被他的镇定吓了一跳,不过他也马上恢复了镇定。"睡觉怎么办?"柯希莫用一种让人发痒的粗糙嗓音问道。"在树上睡。"卡尔维诺直视着他,一字一顿地说。那孩子浑身颤了一下,不过不是被吓着了,而是觉得过于刺激,显然他很喜欢这个主意。"可以偶尔下地来洗澡吗?"柯希莫幼小的脑瓜里想着,我这样问可不是担心什么,我只是想确定事情应该会被安排得很完美,连傻瓜都看得出来我希望得到一个否定的回答。"不可以。"卡尔维诺满足了他这种追求完美的愿望,"你可以在树上淋浴,你弟弟会接根水管给你。"柯希莫开心地笑了,并兴奋地挠了挠弟弟的胳肢窝,使得那小家伙尖叫着跳了起来。"安静!"他们的父亲板着脸说,马上又充满歉意地冲着卡尔维诺笑了笑。

回到家里,已经是夜里九点多钟。他脱下紧身直筒裤,和米色休闲西装,换上在室内才穿的秋裤和白色的工作服,上面沾满了可怕的墨渍。时间紧迫,他还有那么多工作要做!没有想过要休息一分钟。一分钟,天哪,他想,世界各地不知道会发生多少事情!十六岁的柯希莫·迪·隆多正在法国的树枝上爬来爬去,三十岁的柯希莫·迪·隆多蹲在希腊某棵桉树上面,谁知道他在干吗呢?虽然从每天的来信上看,他们总的来说还算听话,都会让他头天晚上写在小说稿上的事情发生一遍,再认真地将一些不同于小说的细节(这些误差仍然在可以理解和接受的范围内)反馈给他,好让他对小说进行修改,但是在没事可干的时候,他们也胡闹得厉害。"他们大发牢骚,这不像是一个说话算话的基督徒的所作所为,"一位被他派去作监工的朋友在信里面这样写道,"他们总是让人不安地觉得,他们已经开始反悔了。"这是某种暗号,赤裸裸的可耻的暗号,提价、劳务费、差旅补助、营养费，无非是钱，啊，见鬼，明天得给英国方面汇去两百英镑，因为那里有几个柯希莫快要饿死了，这从他们的来信就可以看出来：故意制造事端云云。不过今天事情还是有了进展，最小的一位柯希莫（也是最可爱最天真无邪的一位）终于被我找到了。

他坐在书桌前，开始读那一堆来信。这里有封从波希米亚寄来的信，他被一种不祥的预兆捏住了喉咙。这封信上写着的日期是半个月前，署名是梅达尔多·迪·泰拉尔巴子爵，他用一种扭曲的字体写道："伊塔洛：我是你右边的舅舅，他们找到了我，我治好了。我什么时候可以回去？"他读完了所有的信。意大利境内八十多岁的树上的柯希莫健康状况糟糕；法国某省树上的男爵一切正常，请问明天的情节是什么；希腊方面又一次以罢工相威胁，要求加薪；我们这里的柯希莫认为一个生活在树上的男爵理应是一名哲学家，他希望同伏尔泰和卢梭通信；英国方面请问明天的情节是什么，以及还打算拖欠工资多久……

"告诉他，卢梭和伏尔泰已经死了。您的卡尔维诺。"他写完最后一封回信，起身煮了一壶浓浓的咖啡，因为他竟然有点困了，而最重要的工作还没开始呢。他掰着手指算了算：今晚我要写完《分成两半的子爵》的三至五章，左半边舅舅明天就会被送往乡下，回到他奶妈和他老爹的身边（让他把手稿带回去，好知道自己在那里该干些什么），尽快让右半边舅舅从波希米亚回来，到时候给他买张火车票让他自己回乡下去，这个故事的最终结局我仍然还没想好，可是我没有时间去想了，至少今晚是没时间，因为今晚我还得写好《树上的男爵》的前三章、第十章、第十五章、第十九章、第二十二章……明天一大早把它们寄到各个现场去。如此看来，我得多煮些咖啡，这么一小壶还不够我塞牙缝。

2005年，六盘水（初稿）
2009年，深圳（重写）

海礅明

去的时候，我已经告诫过自己了，千万不可嫉妒。要预防这种不好的情绪。如果对一个干得比较成功的同行产生了嫉妒，我就完蛋了。我只告诫了一次，没有反复告诫。但是这样一来，我已经没有任何可能去嫉妒他了。我很高兴，也很紧张。

我乘地铁去的。上了地铁后，就站在列车的门口，守卫着那小块方便我一步踏下车的地方。列车移动，匀速，我见过的最好的匀速运动，刻着站名的一大块花岗岩（表面光滑）移到我眼前时，我从容地下了车。这个站名叫海礅明，正是以他的名字命名的那一站，而且凹刻在地铁花岗岩上的笔迹也是他亲自挥就的。他的书法显得调皮，跟专业的书法家不同。我下了地铁，只顾站在那里，欣赏着"海礅明"三个字的笔划，轻轻地抚摸着花岗岩光滑的表面，心里思忖着：真是少见的天才哪。

接下来，在一间地上堆满了薄薄的书籍的凌乱屋子里，我见到了海礅明，他们一共有四个人，一个个表情稳重，绝对无可能做出什么幼稚的事情来。但是他们的形体却放荡不羁：比如说他们的手，都像扭曲的、生命力旺盛的树枝一样在空中时而舒缓时而迅疾地挥来舞去。这些人看上去都是那么有才华，以致我不敢确认哪一位才是海礅明。但是我知道，四个人里面至少有一个是他，因为这确定是他的斗室，根据是：

一，位于海礅明地铁站附近；

二，（我通过媒体的介绍早已得知）他只读薄的书。

海礅明比我还小两岁！但是他悄悄地写出了全中国最好的短篇小说。这不但是圈子内公认的，也是被我承认的。我心甘情愿地承认那顶桂冠应该属于他，正是这样，我才会乘地铁来拜访他。

他接见了我，极有可能仅因为他不可能再像以前那样（在他还未成名之前）把一个两手空空、紧张兮兮的访客赶出去。好吧，他接见了我，但是无动于衷。四个人全都是那样——无动于衷。他们在谈论海礅明简洁枯瘦的文风将会产生的可怕影响，那恰似在天花板的高度强烈爆炸的巨大气泡——因而他们的发型全都乱得极具个性，但头发可以保证是干净的，就像起床后还仔细地洗过。这让他们的才华也兼具了干净的效果，因为他们内心善良，人类能善良到什么程度，可怜的他们就有多善良。他们全都是艺术家，手指纤细，一尘不染，在激烈而沉稳的争辩的间隙，他们（每人占着一尊咖啡色的根雕茶几）用短暂的耐心泡着功夫茶，执头大镊子夹起小白瓷杯啜饮。

四个可爱的年轻人。同时又才华横溢，外表嘛，全都英俊！我已经傻坐在一旁有一阵了，脑子里却早已放弃了去辨认哪位是海礅明。

这时，海礅明（我以为是）站起来，指着坐在最角落里那个正在往茶壶里一颗颗丢茶叶的小子说："你是来找海礅明的吧，他就是。"我对自己略感失望，我原以为谁第一个站起来，谁就是那个短篇小说写得最好的人。然而真正的海礅明却冷静得头也不抬。他轻轻地用一根橡皮筋将茶叶袋的袋口扎起来，放在一旁，说："都是自己人，不必拘束。"我感觉前半句是对那三个人说的，后半句才是对我说的。正这样想着，心里失落到了极点（至于嫉妒，果然丝毫没有，我已经连嫉妒的资格都被剥夺了），海礅明却站了起来，朝我走过来。

也许是人都知道了，我却是现在才得知这些情况：当我跟随海礅明本人走出他斗室的门口时发现，他住的地方正是属于地铁站里的某间杂物室，而媒体则一直神秘兮兮地称这位大师常年蜗居于简陋的地下室。"我每年都交给铁路局600块钱的房租——基本上是我一篇小说的稿费。"海礅明用平静得就像弥漫在地铁里的阴湿空气一样的语调说出了这个情况。我心惊肉跳，怎么可能，我们刚刚相识，他却像朋友一样向我透露了这样一个有着强烈的个人色彩的信息，如果他不是太幼稚，就是太聪明。对我这样的人毫不设防，主动消除隔膜，这正好说明了他是大智若愚。但是，我必须也得想到，这并不可能是什么一手资料，关于他向铁路局交房租这样的事，没准他的成千上万的粉丝们了解得比他本人还清楚呢。他们还知道"海礅明"是位于四号线往北方向的倒数第二站，如果运气好的话，在那一站作短暂茫然的逗留，倒会遇上这位正上完公厕回去写作的小说家，但他的签名是绝对要不到的，他对他们说："我的签名？在那块花岗岩上了呢，你搬回家去吧。"一位年轻、正直、风趣的大师。他今年才二十四岁。

我跟随着他，穿过长长的、空寂的站台，穿过雷同、有着相同时间间隔的柱子的阴影，而我呢，甚至还得一次次穿过他时明时暗的空无防守的面孔。最后，我和他一块跳下铁轨，在铁警发现之前，跨过轨道，钻进隧道对面壁上的一扇小门。那种门每隔一百米就会设一扇，一般是用来放消防器材或暂时存放卧轨者尸体的。但是这一扇——他有这扇门的钥匙——却通向明亮的地上世界，我们通过它钻出了地铁站，像是老鼠钻出了洞口。

"一边是地铁，一边是城乡结合部。"海黻明开玩笑地说。可这并不是一个玩笑。我们脚下是一大片呈现出某种凌乱扭曲的规则的青砖平房。我尤其喜欢那些纵横交叉的小巷子的坡度，因为这些房子不是搭建在一块平地上。密密麻麻的炊烟正透过瓦片间的小裂缝弥漫和凝固，均匀、也许还飘向了上空；……青色、无声、天空中的光朝着巷子的顶部倾斜。

走在巷子里，两边的墙壁像一个个沾满灰尘的纵剖面，下面是青砖，腰部以上是平整的巨大石块，接近顶梁的时候又换成了青砖。看来，这些建筑砌得太过随意。伸出的脚步感觉到地势的下沉，而不是别的……

这漩涡般的小巷子将我们带至一片开阔的圆形空地，密密匝匝一圈一圈的小青砖铺在地上，缝隙间冒出一些油性小植物。摆放的圆桌子都是白色的、镂花的、铁的。不少人围成圈坐在那儿。一个典型的傍晚。有落日，有微风、广场和人群，还有海礅明——差一点就忘了！

我的痛苦拉开了序幕——

姑娘A走在一片稻田尽头的田埂上，朝着广场走过来，她的身影慢慢变大，但是非常的慢。大片的稻田随着傍晚的轻风起伏着，在推送着她前行。她的腿我看不到，被稻穗遮住了，只露出白色的上衣。这段时间漫长且寂静（要不是突然在我们身后爆发出一阵像是被安排好的吵闹声），这些声音引起了我的注意，让我把一切都抛到了脑后。我没有听明白他们在争论什么，那些我不认识的本地青年，也许是刚从海边打鱼回来，在广场上狭路相逢了。他们的胸膛上被汗衫暴露出的部分被晒得血红，那里有些气在蠕动，特别是被他们争吵的对手用粗糙的手指挑衅地戳在那个地方——就是锁骨下面一点——的时候，他们呼吸加快，愤怒得快要失去理智似的。我看到了潜在的血腥的结局，在不安中猜度他们将使用的凶器，就是那些离他们只有几步远的镂花的铁椅。正当我特别紧张时，从他们中间又爆发出一阵非常搞笑的爆笑，连我都被感染得笑了起来。他们笑得非常大声，以至于我没有听到自己笑的声音（我只知道自己笑了一会儿），况且他们笑起来会持续很久，等他们停下来，我早就制止自己不去笑了，因为在这种地方我怕惹上麻烦。他们一停下，马上又开始打雷似的争吵，我只听清了几个词，什么"我干了，你又怎么不干？""那是因为……很饱！"貌似是关于先前某次饮酒时发生的龃龉。夜色迅速沉了下来，喧闹使得这里形成了一个小小的中心，不仅吸引了三四层的围观者，而且因为它的某种轻微的旋转，让时间在飞快地过去。我一下子就把除此之外的事情忘记了太久。所以我发觉这一点时，心里立刻感到不祥的沉重，目光急忙从中摆脱开来，望向远处的稻田。我的目光并不是一下子就到达了远远的那头，而是首先越过三四层的围观者，再向——没有再向远处望去了，因为姑娘Ａ正巧走到了人群外围，被我一眼逮到。她是个那么小的姑娘，穿着雪白的连衣裙，一个蓝色的布书包斜挎在肩膀上。她只有十二岁，所以应该是在念初中，但是她的个头很高，比我还高，要不是她那么瘦，她会拥有更大的年龄。年龄幼小却美得非凡，高傲，冷酷。我们这些人对她来说跟不存在没有太大的区别，这些吵架的男人，肿瘤似的围聚的人群——几乎把路都挡住了——或许正是这些使得她蔑视起来。她清晰地点缀着几颗雀斑的脸仿佛一种轨迹，从我们这些人身边划了过去，在暮色下排列出一连串相似的脸，瞬间又收拢起来。我觉得她是没有热量的灯笼，从这里闪了一道光就走了。那个围在第四层的中年男人，兴致正浓地盯着这个吵架的事件，突然——可能是有谁拍了一下他的肩膀——猛地往后扭过头去，于是看到了她正迎面走来。他只穿了一件敞开扣子的短袖衬衣，露出瘪下去的肚皮和两排枕木似的肋骨，用一道除惊讶之外还有更复杂含义的眼光盯着她的脸看。等她从他身边走过时，这种盯就变成了仰视，因为她的身高已经赶过他啦——这是他的女儿。头发邋遢的爸爸，半裸着，将布满了厚厚的不安和愧疚的脸朝着她，无声地乞求她，我作为一个旁观者，竟感觉到了呼吸中带有的激动。

结果，她从容地打他身边走了过去。

一个复杂的有问题的家庭……我似乎明白了什么，但后面的事情还是让我大吃一惊。我一眼就看出，并不是因为一直高昂着头颅走过，所以没看见她父亲，而恰恰是因为她知道他就站在她面前，所以才昂头挺胸地连瞟都没瞟他一眼。等她走过之后，他也转过身来，低着头心事重重地没有目送她。他低头的原因，可能是正好这时站在他身边的一位比他更矮的邻居将一张冷静得叫人纳闷的脸凑了过去，对他耳语些什么。还能是些什么，说他女儿的不好！现在，这位邻居（让我们称他为"叔叔"吧）的特殊身份应该公布一下：姑娘 A 就寄住在他家里。为了 A 的将来着想，他会及时地将她正在暴露出的那些不好的苗头报告给她父亲，像眼下他正在做的那样。他同时还要安慰他，对他说些"只是暂时的疏远"之类的。

我目随姑娘Ａ继续迈开她像一朵含苞的百合花似的双腿（由于穿着白色的长裙）朝前走去……目不旁视，并且一点也不迟疑地从自己家的大门口走过，再往前走了差不多四十步（我在数着……），走到邻居"叔叔"家的门口，推开大门进去……夜色正浓！屋内一片漆黑，她把灯打开了，她年龄又大了一些，一丝若有若无、标志着成熟的微笑从嘴角泛开来，终止于脸旁的空气中。家里安静，一切整洁而纹丝不动，"叔叔"似乎还在广场上观看那场争吵，她单手叉腰在客厅里来回走步。

深夜了，她躺在"叔叔"家的床上，"叔叔"也躺在床上，不是同一张床，只是在同一间屋里，两张床并排着，中间留出一道弥漫着黑影的空隙。"叔叔"睡得很浅，他的床头抵着墙，脑袋上方就是开向屋外的窗子，天气炎热，他们把窗玻璃推开出去，好让风可以吹进来。这时他被一阵嘤嘤的哭声吵醒了——又或者他只是在假睡——平静地将眼皮徐徐打开，看到满天的星星在正常地闪动。原来是女儿在哭。"叔叔"的女儿——姑娘B——跟A睡在同一张床上,姑娘A睡得正香,B却不知什么时候醒了。"叔叔"扭开床头的灯,看见女儿坐在床上哭得十分伤心。他的女儿B长相一般,身材有点虚胖,虽然同学们都讨好似的宽慰她:等发育完之后就会恢复苗条。不过她有一种主角的气质,还有很多心事——看上去。"怎么啦?""叔叔"走下床来,朝女儿B慢慢地走过来。"一个男生趁我回家,住进我和她合租的屋子里和她睡觉,吃我们的用我们的,还用掉了很多卫生纸!"女儿边讲边哭,大声地控诉A的罪行,用卫生纸擦着眼泪和鼻涕,时不时怨恨地看向一旁熟睡的美丽的她……

"叔叔"很焦急,他翻身趴在床上,轻轻地拍醒了在梦中哭泣的女儿,问她是不是做噩梦了。

灯被打开了。原来他们睡在客厅里,两张床首尾相连(而不是像之前所看到的那样并排着),他也没有走下床,而是趴在被窝里,一只手越过床头继续拍在女儿的肩膀上。B坐了起来,她的身边没有睡着姑娘A。从她枕边冒出一股白烟来,一张写给她的纸条("你的悲剧在于把一切人看得过于凄凉了……")从她眼前一闪而过,熟悉的笔迹迅速化作其中的一缕,烟雾中响起了生日快乐歌，街坊还有亲戚们从墙壁里走出来聚拢在她床前，他们的笑脸在她的视线里围成一朵花。在这样的提示中她恍然想起：哈，爷爷的生日到了……

接下来就变成：我和海礅明坐在广场上，他就坐在我身边，在白色的铁椅上。我们正在吃一种罕见的小糕点，我手上捏着的那一个已经被我吃掉一口，嘴里还残余着茶的苦味。我装作镇定的样子，也可能并不用装，因为我已经非常迷糊了，以至于感觉不到内心的慌乱。我开始整理我脑子里想表达的意思、将要问他的那些问题：这是在开玩笑吗，海礅明？这个城乡结合部就是你那篇杰作中写到的那个镇子的原型？多么相似。但结局好像不是这样的，我隐约记得后面还有，她爷爷的生日宴会上发生了另外一件事。但我又一点印象都没有了，太奇怪了。姑娘A只是她梦中的产物吗，还是一个妖怪？为什么有我在场？……可是我几乎要控制不住自己痛苦的感慨：这是我亲眼"看过"的最好的一篇小说！我看见了，然后才想起来：我也读到过。那是很久以前了，一个怪怪的题目，好像就叫《枕边烟》，据说是他的处女作，收进了海礅明的第一本短篇小说集里——那本书后来被我扔掉了。

2008年，柳州
2011年，深圳